神奇柑仔店11

失控的最強驅蟲香水

文 廣嶋玲子 圖 jyajya 譯 王蘊潔

目錄

時光倒轉
米香酥
驚奇最中餅
圓頂夢想屋
海鷗糖
迷人軟糖

序章

一名五官很漂亮的少女在黑暗中行走。她穿著彼岸花圖案的黑色和服，身上卻沾黏著很多薄冰，剪成妹妹頭的頭髮還不停的滴著水。她走路的樣子有點僵硬，簡直就像是前一刻還是冰凍人。

少女在路上留下一個個溼溼的腳印，她的雙眼冒著熊熊怒火，全身也發出幽暗的火光，可怕的模樣宛如黑暗的化身。

走了好一陣子，少女終於停下了腳步。她的眼前是一大片竹

林，高大的黑竹看起來就像是聳立的長槍，夜晚的風將竹葉吹得沙沙作響。

少女打了一個響指，一根特別粗大的竹子根部便隆了起來，泥土中出現一個很大的黑色箱子，箱子外頭用寫著「倒霉堂」的封條封了起來。少女拆開封條，打開箱子的蓋子。箱子裡裝滿了倒霉堂的商品，全都是看起來令人害怕，卻又讓人心癢癢的零食。

少女咧嘴一笑。

「看起來跟當初封存的狀態一樣，很好，太好了。」

她用像是老太婆的沙啞聲音說完，轉頭看著剛才走過來的路，咬牙切齒的說：

「可惡的紅子。一旦她發現我逃走了，一定會驚慌失措，但是……別以為我會善罷干休。這次我一定要讓你大吃一驚，讓你知道不把『倒霉堂』的溷溷放在眼裡，會有什麼後果！」

少女一邊發出可怕的笑聲，一邊從箱子裡挑選零食。

1 恐龍汽水和遺跡米果

六歲的遼平很喜歡帥氣的東西，所以他有很多夢想。

他想成為探險家、海盜，還有忍者和武士，但是他現在最嚮往的職業是化石獵人。

電視上有播放過化石獵人專門尋找埋藏在地底的恐龍骨骸，然後還會把那些化石挖出來。他們找到的恐龍都超級帥氣，有著特別巨大的尖牙和很長的利爪，這些事深深吸引了遼平。從石頭中發現

遠古時代的貝殼和海藻也讓人興奮不已，如果可以找到那種化石，簡直就像是美夢成真。

「我決定了，我要當這個，我要當化石獵人！」

在那天之後，遼平就經常拿著小鏟子在庭院裡挖土。他挖遍了庭院的每個角落，卻只挖到玻璃碎片、石頭和蚯蚓。

他想到化石也可能藏在石頭裡，於是就用鐵鎚敲碎石頭查看，可惜也沒有發現貝殼和海藻。

但是遼平並沒有輕言放棄。

「在庭院裡果然找不到化石，要去山上找才行。」

幸好他家附近就有一座小山，只要去山上，或許就能找到了。

星期六，遼平一大早就起床了。他瞞著父母偷偷溜出家門，背包裡放著鏟子、鐵鎚和代替便當的巧克力棒，還準備了塑膠袋，這樣才能把找到的化石放進去保管。為了在路上買果汁喝，他也帶了零用錢。

「一切準備就緒，出發囉。」

遼平興致勃勃的走向那座小山……沒想到卻走錯了路，不知不覺的走進一條陌生的小巷。

「真奇怪，我明明是要去山上，怎麼會來到都是房子的地方？現在沒有閒工夫在這裡耗時間了。」

遼平在小巷內加快腳步尋找出口，結果卻發現了一家小店。那家店很小，是一家柑仔店，但是整家店卻散發出一股不可思議的感覺。遼平忘了要去尋找化石的事，情不自禁的跑了過去。店裡陳列的每一樣玩具和零食，都是他從來沒見過的東西。

「好棒喔，這個太讚了，那個也很妙。啊，我要買，我絕對要買。但是要買哪一種呢？口袋裡只有兩百元，一定要選個最棒的。」

遼平這麼想著，一邊走進了柑仔店，發現店裡有一位身材高大的阿姨。

阿姨的頭髮像老太太一樣白，但是皮膚卻很光滑。她的體型像相撲選手一樣，身上穿著一件紫紅色的和服。

阿姨向遼平打招呼的同時，頭上五顏六色的玻璃珠髮簪閃耀著光芒。

「歡迎光臨……唉呀，這位小客人……」

阿姨露出驚訝的表情，讓遼平嚇了一跳。

「怎、怎麼了？」

「沒什麼……我只是有點驚訝，這代表你果然有品嚐本店商品的運氣。」

睡眠撲滿
聯絡落雁
懶羊洋氣球

阿姨用奇怪的詞彙說完很奇怪的話之後，對遼平笑了笑說：

「歡迎你來到『錢天堂』，你是不是很喜歡探險？你覺得這款『探險茶』怎麼樣？」

阿姨邊說邊打開冰箱的玻璃門，拿出一瓶保特瓶裝的飲料遞給遼平。那個保特瓶上畫了叢林和裝著金幣的寶箱，一看就覺得很有趣。

不過遼平對「探險茶」不屑一顧，他在阿姨剛剛打開冰箱的時候，看到冰箱深處有更加吸引人的東西。

「就是那個！我想要那個！」

他大聲的叫了出來：

「我不要『探險茶』，我要那個，就是那個綠色的東西！」

「喔，你要這個是嗎？」

阿姨再次打開冰箱，拿出遼平指著的那個瓶子。

那是一個很奇特的瓶子，瓶身上有藍色和綠色的鱗片，瓶蓋則是暴龍張著大嘴發出吼叫的頭。

「我沒看過這麼酷炫的瓶子。」遼平目不轉睛的看著瓶子。

阿姨對遼平說：

「這是『恐龍汽水』，只要喝了這瓶汽水，就會知道遙遠的古代生物化石埋在哪裡。」

雖然阿姨的話令人難以置信，但是遼平相信了，因為他感覺得到「恐龍汽水」散發出一股魔力。

「這瓶汽水太適合我了，因為我想要當化石獵人！」

「原來是這樣，那你要買這瓶汽水嗎？」

「嗯！我要買，我要買！」

「價格是一百元。」

遼平急忙把身上的一百元硬幣遞給阿姨，沒想到阿姨卻搖了搖頭。

「不是這個……你不是還有另一枚一百元硬幣嗎？」

「有啊，你要那個硬幣嗎？」

「對。」

「是喔，真奇怪。」

遼平歪著頭拿出另一枚一百元硬幣。這次，阿姨笑著收了下來。

「沒錯沒錯，這就是今天的寶物，平成二十九年的一百元硬幣。這瓶『恐龍汽水』是你的了。」

「謝謝！」

「啊，等一下，你認得字嗎？」

「嗯，我會寫自己的名字，也會看繪本。」

「這樣啊，那由我紅子為你說明一下。因為本店的商品有很多規定，你要聽清楚喔。」

阿姨開始向他說明。

「你喝完『恐龍汽水』之後，要把瓶蓋上的恐龍頭拆下來，放在口袋或是背包裡，這麼一來，你就可以知道化石埋在哪裡了。不過只有你能挖得出來的化石，以及大小是你能自己帶回家的化石才有辦法知道位置。」

聽了阿姨的話，遼平想了一下之後回答：

「意思就是如果化石埋在很深的地方，那我就不知道了對不對？而且太大的化石也不行。」

「就是這樣，請你不要因為找不到很大的化石而抱怨，知道了嗎？」

「我知道了。」

遼平點了點頭。雖然他也想找到巨大的恐龍和長毛象化石，但他真正想要的是恐龍的尖牙和利爪，所以沒關係。

他向阿姨道謝後走出柑仔店，沿著小巷沒走幾步路，就回到了熟悉的馬路，而且他要去的那座山就在眼前。

遼平忍不住眨了眨眼睛，覺得自己好像做了一場夢。但是他的手上確實拿著「恐龍汽水」，證明剛才發生的一切並不是在做夢。

遼平看著手上冰冰涼涼、閃閃發亮的漂亮瓶子看得出神，而且越看越覺得這個瓶子太帥氣了。整個瓶子的表面都是鱗片，讓人感覺瓶子好像擁有生命，隨時都會動起來似的，凹凸不平的鱗片摸起來也讓他不由得陶醉其中。

「啊，對了，要在上山之前喝掉。」

遼平用力打開瓶蓋，咕嚕咕嚕的喝了起來。

「咻！」

遼平的嘴裡充滿汽水，雖然舌頭有點刺刺的，但是刺激的口感讓汽水喝起來很美味。清爽的麝香葡萄口味激發了他的探險心，酸酸甜甜的汽水讓他忍不住一口接著一口喝下肚。

遼平原本打算只喝半瓶就好，剩下的半瓶要等到口渴的時候再喝，結果自己竟然一口氣喝光了。

「如果汽水再多一點就好了。」

遼平嘀咕著把瓶蓋蓋回去，然後輕輕拔起恐龍頭的部分。恐龍一下子就被他拔下來了。恐龍頭下面有一個圈圈，看起來就像戒指一樣，可惜戴在遼平的手指上太大了，不過用繩子串起來掛在脖子上，就不用擔心會弄丟了。

他把恐龍戒指和「恐龍汽水」的瓶子小心翼翼的放進背包深處，然後終於開始登山。

「那個阿姨說，喝了汽水就可以知道哪裡有化石，到底是透過什麼方式知道的呢？哇，真是令人期待啊。」

遼平左顧右盼，大步走上山。

他來到一個看起來像是山崖的陡坡，路面被掏空露出了下面的泥土，還有各種不同大小的石頭，那些石頭一定是地底的岩石吧。

那個斜坡擋住了遼平的去路，他還想繼續上山，可是又覺得自己無法爬上那個斜坡，於是打算走其他的路繞過去。

「鈴鈴鈴。」

就在這時，遼平聽到了彷彿在呼喚他的細小鈴聲。

遼平好奇的走近斜坡，沒想到鈴聲變得越來越大，而且越往前走，鈴鈴鈴的鈴聲就越來越清晰。

遼平來到一塊石頭面前，那塊石頭差不多跟他的手掌一樣大，顏色很淺，感覺像是乾掉的黏土。他把石頭拿起來的時候，鈴聲更響亮了，那絕對就是這塊石頭發出的聲音。

「這塊石頭該不會是……」

遼平心跳加速，緊張的從背包裡拿出鐵鎚，朝著石頭敲了下去。

啪的一聲，石頭被敲成了兩半，而且石頭的裡面——

「啊、啊，找到了！」

遼平大聲叫了起來。

找到了。石頭內有一塊小小的卷貝化石，化石雖然很小，但是形狀很漂亮，是個完美的化石。

簡直就像是發現了隱藏的寶藏，遼平興奮得全身一下子熱了起來。

「終於找到了。『恐龍汽水』是真的有效，好，那我要繼續尋找化石。」

遼平把貝殼化石放進背包，然後豎起耳朵仔細聽，沒想到又聽到了鈴鈴鈴的聲音。他找到發出聲音的地方，這次聲響是從地底下傳來的。

他急忙拿出鏟子挖了一下，發現一塊像是漆黑小石頭的東西，那似乎是恐龍骨頭化石的一部分。雖然不是恐龍的尖牙或利爪，但這是化石也是寶物。遼平再次仔細的把化石放進背包裡。

這一天，遼平總共找到四塊化石，就這樣興高采烈的回家了。

那天之後，遼平每天都把恐龍戒指放在口袋裡，並且努力的尋找化石。

他在山上、河岸的石頭中發現很多化石，而且也終於找到了三塊夢寐以求的恐龍利爪化石。

遼平用來裝寶物的紙箱，漸漸的裝滿了化石。

有一天，遼平的表哥和史來家裡玩，雖然說是表哥，但和史比遼平大二十歲，目前正在攻讀研究所，是一位專業歷史學家的助理。

遼平聽說和史哥哥會去各地的遺址進行考古挖掘，於是就把自己找到的寶物拿給他看。

和史哥哥看到一整箱化石，忍不住瞪大了眼睛。

「好厲害！這些全都是你自己找到的嗎？不會吧？」

「是我找到的，我是化石獵人，知道化石在哪裡。」

「這、這太誇張了，這是很了不起的才華！對了，下個星期天，你和我們一起去挖掘吧，希望能夠借助你的才華，挖掘到很厲害的古代器物，你一定要來喔。」

「好啊。」

遼平一口答應。大人要找他幫忙，讓他感到很得意。

「好，我一定會找到很棒的古代器物。」

遼平信心十足的等待星期天到來。

星期天，和史哥哥開車來家裡接他。

在高速公路上行駛兩個小時之後，又沿著蜿蜒的山路開了很久，終於抵達目的地時，遼平坐到連屁股都痛了。

不過他一跳下車子，便立刻忘記了疼痛。

那裡雖然在山上，但是泥土裸露，很多地方都挖了很大的坑洞，許多大人蹲在那裡挖土，或是用毛刷輕輕撥開泥土。

「這裡是什麼地方？」

「這裡是繩文時代的遺跡。據說大約在五千四百年前，這裡曾經有一個村莊。這個村莊是最近才發現的，所以地底下應該埋了很多當時的盤子或工具之類的珍貴物品。遼平，你趕快來幫忙，發揮你的才華找到很厲害的古代器物。如果有發現什麼就隨時叫我，我就在那裡。」

和史哥哥把鏟子和棉紗手套交給遼平，然後朝著一個很大的坑洞走了過去。

遼平在遺跡內走來走去，用力豎起耳朵，卻沒有聽到像是鈴聲的聲音，而且令人驚訝的是，他完全沒有聽到半點聲音。

遼平歪著頭納悶這到底是怎麼回事的時候，突然恍然大悟。

該不會是因為埋在地底下的不是化石，所以自己才會聽不到任何聲音？

「慘了。」遼平臉色發白。

再這樣一無所獲，和史哥哥一定會對他很失望。和史哥哥特地帶自己來這裡，他不希望和史哥哥覺得他很沒用。但是現在該怎麼辦？他真的什麼聲音都聽不到。

遼平非常著急，身體也漸漸感到不舒服。

他逃離其他人跑去附近的樹林，當周圍沒有其他人時，遼平的心情才稍微平靜一些。但是他依然聽不到任何聲音，這代表這一帶完全沒有遼平能夠發現的東西。

遼平拿出口袋裡的恐龍戒指，用力嘆了一口氣。

「真希望除了化石，這個戒指對其他寶物也有效果。」

正當他這麼想的時候，傳來了踩在草上的腳步聲。

遼平轉頭一看，頓時大吃一驚。

有一個女孩站在遼平的身後。她穿著一件紅花圖案的黑色和服，看起來比遼平稍微年長幾歲，皮膚很白，剪成妹妹頭的頭髮看起來是深藍色的。

女孩漂亮的臉上露出笑容看著遼平，手上還拿著許多發出閃亮光芒的石頭。每一塊石頭都是短短的尖牙形狀，有的石頭像水一樣透明，有的石頭顏色則像嫩葉般漂亮，即使遼平只是個小孩，也能看出那些石頭很有價值。

「太讚了……」

遼平情不自禁的發出讚嘆。女孩炫耀著手上的石頭，用沙啞的聲音說：

「這是我找到的勾玉，就是古代人的首飾，是不是很棒？」

「你、你是怎麼找到的？你在哪裡找到的？」

「很簡單啊，因為我知道這種東西在哪裡。」

「咦？為什麼？」

「因為我吃了這個。」

女孩露出狡黠的眼神，拿出一個小紙包，紙包內有許多又薄又圓的金黃色仙貝，大小跟十元硬幣差不多大，看起來也很像硬幣。

「這是『遺跡米果』，從名字就知道，這款零食在遺跡可以發揮超強的效果，因為可以找到很多寶物。怎麼樣？是不是很棒呢？」

「嗯……」

遼平忍不住點頭同意。他一看到「遺跡米果」，就知道這種米果很有威力。這種感覺，和他之前在那家柑仔店發現「恐龍汽水」

時一模一樣。

遼平注視著「遺跡米果」，越來越想要把它占為己有。只要擁有這種米果，在這裡一定可以發現很厲害的古物。

「那、那個，可以給我一片嗎？」

「我才不要。這麼珍貴的東西，我怎麼可能送給你。」

「你不要這麼說嘛。拜託了，給我一片就好。我可以找到化石，下次我送你很棒的化石。」

「我不要。你應該很清楚，這種東西要自己找到才開心。」

「呃……」

女孩突然露出甜美的笑容，對一臉不知所措的遼平說：

「真是拿你沒辦法，那你拿那個恐龍戒指和我交換，我就把整包『遺跡米果』都給你。」

「啊？不要！」

遼平急忙把恐龍戒指藏在身後。這是他的寶貝，才不要給別人呢。

沒想到女孩笑得更開心了。

「是喔，那就算了。但是你的表哥對大家說你有獨特的才華，一定可以發現很厲害的古代器物……如果你什麼都沒找到，不知道大

家會怎麼看你。」

這番話真的很惡毒，而且深深刺進了遼平的內心。

「不要，我不想看到和史哥哥跟大家失望的表情，這樣太丟臉了，也很沒面子。與其這樣，還不如……」

遼平哭喪著臉，下定了決心。

「好、好吧，真的可以找到很厲害的古代器物嗎？」

「對，我向你保證可以找到很珍貴的寶物，所以趕快把那個戒指給我，而且要明確的說出你不需要這種東西。」

女孩前一刻甜美的聲音消失了，聲音變得很可怕，語氣變得十分陰沉。

遼平臉色發白。「好可怕！」他想要趕快逃離這個女孩。

「我不需要這個戒指！」他大聲喊了出來。

女孩立刻從遼平手上搶過恐龍戒指，把「遺跡米果」塞到他的手上。

女孩笑得很開心，她紅色的嘴角高高揚起，然後嬌聲對渾身發抖的遼平說：

「你很乖，說得太好了。如果是平時，我會向你收錢，但這次就算了。趕快回去吧，快走快走。」

「喔，好。」

遼平轉身逃出樹林，一口氣跑回遺跡。確認那個女孩沒有追上來之後，他才終於鬆了一口氣。

這時，和史哥哥跑了過來。

「喂，遼平，怎麼回事？你剛才去了哪裡？」

「嗯、嗯，我去附近看看。」

「你不要隨便亂跑。怎麼樣？有沒有什麼發現？」

「呃……等、等一下，等我吃完點心就會認真找了。」

「啊？這麼快就要吃點心了？」

「只吃一個，我只吃一個就開始做事。」

遼平說完，急忙把手伸進紙包，拿出一片「遺跡米果」。米果很脆，有著淡淡的鹹味。雖然米果很好吃，但是咬起來的口感沙沙的，好像在吃沙子。

但是心急的遼平管不了那麼多，直接把米果吞了下去。

吃完米果，他立刻看到了光。旁邊的草叢發出了金色的光芒。

遼平知道這一定是「遺跡米果」的威力，於是對和史哥哥說：

「哥哥，在這裡，你挖這裡試試看。」

「咦？這裡不在我們的調查範圍內。」

「別管這些了！我覺得這裡有寶物，拜託你快挖。」

「真是拿你沒辦法，那我就挖挖看。我先挖四十公分，如果什麼都沒有，就要回去繼續做事了。」

和史哥哥一臉不甘願的拿起大鏟子，在遼平手指的位置挖了起來。結果才挖不到二十公分，就挖到了一個很大的土器。

那個壺的圖案很奇怪，而且看起來醜醜的，遼平感到非常失望。原本以為可以挖到像剛才那個女孩手上的寶石，沒想到竟然是這種壺，真是掃興。

沒想到和史哥哥臉色大變。

「這、這是……喂！大家過來一下！」

其他人看到那個壺，也急匆匆的幫忙一起挖那個坑洞，結果接連找到了其他的壺，還從某些壺裡發現了陳年的樹果和已經變黑的種子。

教授露出興奮的神情。

「這裡以前應該是村莊的貯藏庫。你們看！古代的人會把橡實蒐集起來貯藏！」

「這個像種子的東西是什麼？」

「不知道，馬上把它帶回大學研究！這是可以了解古代人飲食生活的寶貴線索，搞不好是本世紀的重大發現！」

大家聽了教授的話，全都齊聲歡呼起來。

和史哥哥興奮得雙眼發亮，回頭看著遼平說：

「遼平，你聽到了嗎？這搞不好是本世紀的重大發現！多虧有你，這都是你的功勞！」

「嗯，太好了。」

被大家稱讚，被人捧在手心上奉承，遼平當然也很高興，但他忍不住想著，自己還是比較喜歡找到化石。

身穿黑色和服的女孩是「倒霉堂」的澱澱，她在剛才的那片樹林中放聲大笑，那個恐龍戒指也在她的手上閃閃發光。

「成功了！嘿嘿嘿，我成功搶走了錢天堂的客人！現在錢天堂裡應該亂成一團了吧。嘿嘿嘿，好戲才剛上場，紅子你等著瞧，我會好好折磨你的！」

說完，澱澱用力捏了一下手上的恐龍戒指，戒指馬上被捏得粉碎。

澱澱拍了拍手，思考著接下來該怎麼做。

「下次要讓錢天堂的客人吃我的零食，讓錢天堂的零食效果加倍。當能力太強無法控制的時候，幸運的客人遲早會落入不幸的深淵，到時候那個人就會後悔買了錢天堂的零食。嗯，我真聰明。」

「就這麼辦。」澱澱眉開眼笑的走出了樹林。

數十年後，長大成人的遼平終於如願成為恐龍學家，在世界各地挖掘到很多珍貴的古物。

但是他發現的全都是古代遺跡、黃金項鍊，以及用水晶做成的短劍這類和恐龍無關的東西，所以被人稱為「本業外的天才挖掘獵人」。

市丸遼平，六歲的男孩。平成二十九年的一百元硬幣。

2 驅蟲香水

嗡嗡嗡。

耳邊響起了不舒服的聲音。

躺在床上看雜誌的美鈴，忍不住跳了起來。

是蚊子，房間裡有蚊子。

她急忙瞪大眼睛尋找，卻沒有看到蚊子的蹤影。她打算點蚊香，沒想到蚊香竟然用完了。平常她都會在上班用的皮包裡放一瓶

驅蟲噴霧，但是噴霧偏偏在這種時候也用完了。總之，一定要想辦法解決這件事。知道家裡有蚊子，她就無法再安心看書了。她決定馬上出門去買蚊香，還要買五瓶驅蟲噴霧回來。

美鈴急急忙忙走出家門。

「真是討厭。星期天難得可以在家裡好好休息，卻被一隻蚊子給毀了。」對二十二歲的上班族來說，假日太寶貴了。

美鈴一臉不悅的走在街上。

美鈴最討厭昆蟲了。她從小就怕各種昆蟲，就連漂亮的蝴蝶也會讓她渾身起雞皮疙瘩，所以她很討厭昆蟲出沒的夏天，也很討厭昆蟲出沒的山上。看到蟑螂她更是怕得要命，所以「我真想乾脆搬去南極或北極」也變成了她的口頭禪。

這個世界上要是沒有昆蟲就好了，至少不要出現在自己的眼前。她一路上嘀嘀咕咕抱怨的時候，發現前方有一隻蟬，那隻蟬仰面朝天的掉在地上。

「啊！」

美鈴當然也怕蟬，而且這種掉在地上的蟬最可怕了。原本還以為牠們死了，沒想到一走近才發現牠們全身顫抖著在掙扎。

「那隻蟬搞不好還活著。唉，真討厭，噁心死了，牠為什麼偏偏掉在這條小路的正中央。」美鈴在心裡嘀咕。

美鈴完全不想走這條路，於是走進了旁邊的小巷。她是第一次走那條巷子，但是只要直直往前走，應該可以通往對面那條路。希望不要有蟑螂突然飛出來。

美鈴一邊祈禱一邊走進小巷內。

她走了很久，一直沒有走出那條小巷，也看不到對面那條路，簡直就像是走進了迷宮。

美鈴漸漸產生了一種奇妙的感覺，覺得好像有人在前方等待她。

她忘了昆蟲和蚊香的事，一個勁的往前走，終於看到了一家柑仔店。

「嗚哇，看起來好有歷史！店名叫『錢天堂』？好奇怪的名字。」

店門口陳列的零食吸引了她的目光，光是看到那些零食，心情就忍不住興奮、激動起來。

獵人奶油三明治、團結堅果、剛剛好口金包、貴族棉花糖、懶洋洋氣球、筋肉人巧克力、愛死了冰棒、變身史萊姆、太陽神餅乾球、芭蕾閃電泡芙。

「哇，好有趣，這真是太有趣了。」

錢天堂
飲料
河童
探險
催
蝙蝠
蝙蝠

美鈴拿出手機想要拍照給朋友看的時候，一個身穿和服、體型像相撲選手的高大阿姨從店裡走了出來。

這個阿姨也很奇特，身材高大的她穿著一件紫紅色和服，雪白的頭髮上插了五顏六色的玻璃珠髮簪，豐腴的臉蛋看起來很年輕，讓人猜不透她的年紀。

阿姨笑著對美鈴說：

「歡迎光臨，幸運的客人，感謝你在這麼熱的天氣來到錢天堂。」

「呃，喔……嗯，這只是巧合……」

「巧合也是一種運氣。請問你有什麼心願？不管你的願望是什麼，都可以說出來。」

阿姨說的話太奇怪了，她不是應該要問：「你喜歡吃怎樣的零食？」才對嗎？

美鈴納悶的歪著頭，原本打算回答「我只是看看而已」，因為她正在減肥，不能買零食吃。

沒想到她張開嘴巴時，卻說出了完全不同的話。

「我想要有昆蟲不會靠近我的東西。」

「哎喲，這位客人，原來你不喜歡昆蟲啊。」

「不僅不喜歡，連看到都覺得討厭。說句心裡話，我真希望所有昆蟲都從這個世界上消失。」

「這樣啊，我覺得吉丁蟲和螳螂都是很出色的動物。」

「啊，不要說了，我不想聽。」美鈴摀著耳朵說。

「你真的很討厭昆蟲呢。」阿姨苦笑著點了點頭說：「我明白了，你這麼討厭昆蟲，我這裡剛好有一樣很適合你的東西，請稍等一下。」

阿姨說完便走進店裡，然後很快的又走了回來。

「你喜歡這個嗎？」

阿姨伸出的手上，有一個用白色跟金色和紙包起來的小盒子。盒子裡有兩個比指甲油容器更小的玻璃瓶，圓形的瓶子上有一個噴嘴，噴嘴用蓋子蓋了起來，蓋子頂部還分別寫了「弱」和「強」這兩個字。

美鈴覺得自己的心完全被打動了。

「太棒了，我想要這個！雖然不知道為什麼，但我絕對要擁有這個！」

阿姨慢條斯理的對緊盯著盒子的美鈴說：

「這是『驅蟲香水』，只要把它噴在身上，昆蟲就不會靠近你，而且最棒的是效果可以持續一輩子。你想要嗎？」

「我要買！」

美鈴毫不猶豫的回答。

「看來你很喜歡，那真是太好了。商品的價格是五百元，請你用平成三十年的五百元硬幣支付，其他的硬幣都不行。」

美鈴聽了阿姨的話，急忙在皮夾裡找了起來。

找到了，真的有平成三十年的五百元硬幣。

她把五百元硬幣交給阿姨，阿姨露出了開心的笑容。

「很好很好，這確實是今天的寶物沒錯，那麼『驅蟲香水』是你的了。」

「謝謝！哇，太好了，太好了！」

美鈴像小孩子一樣欣喜若狂，阿姨在這時向她補充說明：

「使用『驅蟲香水』的時候，一定要先用『弱』的那一瓶，如果效力不夠，再用『強』的那一瓶。我想你應該不需要用到『強』的那一瓶，反正你要記住，先用『弱』的那一瓶，知道了嗎？」

「是，我知道了。」

美鈴滿心歡喜的接過「驅蟲香水」的盒子，然後歡天喜地的走出了柑仔店。

只要穿過小巷，立刻就能回到熟悉的大街上。美鈴情不自禁的加快腳步，這時，有人在身後叫住了她。

「姐姐，請等一下。」

回頭一看，有個女孩從後方追了上來，她穿著黑底紅花的和服，臉蛋像人偶般又白又漂亮。

女孩上氣不接下氣的跑到美鈴面前，用和外表很不相襯的沙啞聲音說：

「對不起，耽誤一下你的時間。我在錢天堂打工，你剛才是不是在我們店裡買了東西？」

「對，沒錯，我買了驅蟲香水。」

「驅蟲香水……」

女孩的眼睛瞬間亮了起來，但是那道光彩很快就消失了。她露出笑容說：

「喔，果然是你。老闆娘剛才一時疏忽，忘了把贈品交給你，所以叫我趕快追上來。啊，幸好有追上。」

女孩說著，從懷裡拿出一個小瓶子。那個瓶子和驅蟲香水的瓶子差不多大，只是形狀有點不一樣，裡面裝了深紅色的液體。

「給你，這是『最強』。」

「最強？」

「對，姐姐你看『驅蟲香水』的說明書了嗎？如果還沒看，你可以現在看一下。」

美鈴打開驅蟲香水的盒子，把裡面的說明書拿了出來。

「驅蟲香水」正如其名，具有驅趕昆蟲的效果。請先試用寫了「弱」的瓶子內的香水，只要噴一下，跳蚤、蚊子和蜈蚣等害蟲就不會再靠近。追求更強效果的人，可以把寫了「強」的瓶子內的香水也噴在身上，害蟲以外的昆蟲也會遠離。

「這真是太棒了。」美鈴感到十分滿意。

不過女孩露出狡猾的表情對她說：

「但這不是和普通的驅蟲噴霧沒什麼差別嗎？所以這瓶『最強』才是重點。」

「是嗎？」

「當然是啊。你用了『弱』和『強』之後，最後再用這一瓶，這樣全世界所有的昆蟲都會遠離你的人生。」

「不會吧！這是真的嗎？」

「當然是真的，這商品最適合這輩子都不想看到昆蟲的人。這是附贈的贈品，姐姐，你想要嗎？」

「我要、我要！」

「全世界所有的昆蟲都會遠離我的人生，這簡直是夢寐以求的事。」美鈴喜出望外的接過了「最強」的瓶子。

「謝謝你特地送過來。」

「你太客氣了，我才要謝謝你願意收下，那我走了。」

女孩得意的露出一絲卑鄙的笑容，沿著來時路離開了。

美鈴也走出小巷，順著大馬路直接走回家。她一踏進玄關，立刻就想起了剛才出門的目的。

「對了，家裡有蚊子，我原本是要去買蚊香的。」

現在正是測試「驅蟲香水」的絕佳機會。

美鈴站在玄關，打開驅蟲香水的盒蓋。她當然想要用「最強」的那瓶香水，但還是先從「弱」開始，每一瓶的效果都要試試看。

美鈴從盒子裡拿出「弱」的瓶子。玻璃瓶裡裝了少許淡綠色的液體，她把噴嘴對著手腕按了一下。

「咻。」香水像霧氣一樣噴灑在皮膚上，同時散發出萊姆的香氣，清新的香氣聞起來很舒服。

當香水滲進肌膚後，美鈴鼓起勇氣走進房裡。

蚊子應該還在家裡。啊，看到了，那隻蚊子竟然停在牆壁上休息。蚊子發現美鈴回來了，會不會飛過來？牠會飛過來吸血嗎？

美鈴關上門，讓房間變成密室狀態。

她等了十分鐘。

蚊子一點動靜也沒有。

美鈴朝蚊子走近一步，結果蚊子飛了起來，搖搖晃晃的試圖遠離她，簡直就像是害怕美鈴靠近。

美鈴把蚊子趕到窗邊，讓牠從窗戶飛出去。趕走蚊子後，美鈴忍不住得意的笑了起來。

「弱」的效果也很厲害，從今以後，自己應該不會再被蚊蟲叮咬了。但是這和普通的驅蟲噴霧效果差不多，她也想要遠離不是害蟲的昆蟲，所以她決定再用「強」的香水。

寫著「強」的香水，顏色是淡淡的水藍色，有著濃烈的薄荷香味，但是香氣很清爽。美鈴噴了香水之後，再次走出家門，前往綠意盎然的森林公園，那是她平時絕對不會靠近的地方。

美鈴一踏進森林公園，原本雜木林內不絕於耳的蟬鳴聲立刻停了下來。即使她撥開草叢，也完全看不到一隻蚱蜢。她鼓起勇氣走向一個很大的蜘蛛網，但是也沒看到蜘蛛。

所有的昆蟲都躲起來了，不想讓美鈴看到。

從今以後，再也不會看到那些可怕的東西了。

美鈴開心的笑了起來，坐在樹蔭下。

以前她都不敢靠近樹木下方，但是現在完全沒問題了。對了，以後也可以和朋友一起去烤肉和露營。

可能是美鈴看起來太開心了，一個正在公園玩的小男孩走到她面前說：

「妳要不要看一樣好東西？」

「嗯？什麼好東西？」

「這是我找到的，你看你看，是不是很漂亮？」

小男孩在說話的同時伸出手，他的手上握著一隻艷金龜的屍體。

「啊啊啊！」

美鈴跳了起來，全速逃離公園。

總算逃回家裡後，美鈴仍然全身起雞皮疙瘩。

「為什麼？昆蟲應該不會靠近我才對啊？啊，該不會是因為剛才那隻艷金龜已經死了？『強』的香水只對活著的昆蟲有效嗎？啊，討厭討厭，看來只用『強』還不夠，必須讓這個世界上所有的昆蟲都遠離我。」

她急急忙忙拿起「最強」的香水瓶。

咻！

這次的香氣格外濃烈，就像瑞香花的濃郁香氣般刺鼻。雖然味道很好聞，但是聞了卻有點頭痛。

「這款香水的味道……濃烈程度和其他兩款好像不太一樣？」

「算了，如果給我『最強』香水的女孩沒說錯，從今以後我的人生再也不會遇到任何昆蟲了。」

美鈴終於安心的鬆了一口氣，從冰箱裡拿出裝了麥茶的保特瓶。在這麼熱的天氣一路跑回家，她感到口乾舌燥。

這時，手機鈴聲響了起來，是朋友真衣傳電子郵件給她，信裡寫著「你要不要來參加我們公司單身男子的聯誼活動？」真衣還傳來一張照片，說是「有很多像這樣的帥哥喔」！

照片中那幾個穿西裝的男人，全都做出了搞笑動作。美鈴被其中一個男人吸引了目光。

「真是太帥了。個子高，身材好，雙眼又炯炯有神，簡直就是白馬王子。」

美鈴感覺到內心小鹿亂撞、臉頰發燙。

「我想認識這個人。」

她忘了原本想喝麥茶這件事，急忙打電話給真衣。

「喂，真衣嗎？我是美鈴。我想問你一件事，剛才你傳給我的照片，站在最右邊的那個人是誰？」

「我就知道你會喜歡他，因為他看起來就是你喜歡的類型。」

「你這個肌肉花痴哪有資格說我啊！」

真衣喜歡肌肉男，只要男人有一身飽滿的肌肉，即使臉長得像科學怪人也無所謂。

「你不要吊我胃口了，趕快告訴我他叫什麼名字？今年幾歲？結婚了嗎？有沒有女朋友？他會參加聯誼嗎？」

「哇，問題真多耶。你這麼喜歡他嗎？」

「老實說，我對他一見鍾情。」

「是嗎？既然你都這麼說了，那就值得介紹給你了。他是我們營業部的同事，名叫一郎，比我們大四歲。他說他沒有女朋友，所以也會參加聯誼。他的性格、興趣應該和你很合得來，你可以在聯誼時主動進攻。」

「不用你說我也會這麼做！」

這時，真衣有點擔心的問：

「但是問題在於聯誼的地方，大家說要找一個輕鬆的場合，所以就約在戶外的啤酒館。這次是在像公園的地方聯誼，可能會有蟲子出沒，你沒問題嗎？」

「沒問題、沒問題，我已經解決這件事了！」

「真的嗎？那你把下週六的時間空出來，我再把地點傳給你。」

「嗯，謝謝。」

掛上電話後，美鈴情不自禁的做出了勝利姿勢。

最討厭的昆蟲遠離了自己，而且還有了戀愛的預感。所謂的玫瑰色人生，一定就是指自己現在的心情。

既然這樣，自己要更努力減肥，在下週之前再瘦一公斤，讓身材更苗條。

美鈴換上運動服，準備進行前一陣子開始練習的運動。

一個星期後，美鈴去參加聯誼。那家啤酒館位在綠樹成蔭的公園內，周圍被茂密的樹木包圍，一看就知道會有很多昆蟲出沒。

但是美鈴抵達之後，啤酒館內就完全沒有出現昆蟲。有好幾個客人發現到這件事，紛紛感到納悶。

「今天完全沒有蟲子飛來飛去耶。我上次來這裡的時候，就算旁邊已經點了蚊香，還是被蚊子咬了。」

「今天也沒有飛蛾飛來飛去，真是太好了。」

美鈴聽到別人小聲的討論，拚命忍住笑容。

「這都是多虧了我，你們要好好感謝我。」

美鈴一邊在心裡嘀咕，一邊尋找她心儀的一郎。真衣公司的同事差不多來了十個人，但是卻沒看見一郎的身影。

美鈴小聲的問真衣：

「我問你，一郎呢？」

「他說電車誤點，會晚十五分鐘左右，叫我們可以先開始。」

「原來是這樣。」

大家一起乾杯後開始聊天，但是美鈴始終心不在焉。

好想趕快見到一郎，好想和他聊天。美鈴已經從真衣那裡打聽到一郎喜歡看電影，如果和他聊最近上映的電影，應該會聊得很開心吧？

美鈴正想著這些事的時候，突然聽到有人說：「啊，一郎來了！喂，這裡這裡！」

美鈴頓時心跳加速。

「來了嗎？他在哪裡？」

回頭一看，才發現一郎正朝著她的位置走來，他滿臉笑容的揮著手接近。

美鈴的心跳就像彈珠臺裡的彈珠一樣四處跳個不停。

不會吧？他本人比照片上更帥。啊，慘了慘了，還沒見面自己的臉就紅了，對方可能會被嚇跑。要保持平常心。沒錯，保持平常心，絕對不能表現出猴急的樣子。在真衣把一郎介紹給自己之前，要當個淑女靜靜等待。

美鈴不停的這麼告訴自己，等待一郎走過來。

沒想到……一郎越靠近狀態卻越來越不對勁。原本輕盈的腳步變得沉重，他收起臉上的笑容，露出了痛苦的表情。

「喂，你們不覺得奇怪嗎？」

「一郎，你怎麼了？」

「一郎，你沒事吧？」

大家紛紛關心的詢問，但是一郎停下了腳步，然後轉身跑出公園。

所有人看到這一幕都目瞪口呆。

「剛才那是怎樣？」

「怎麼回事？」

「不知道……真是莫名其妙。」

擔任主辦的男人，手機收到了電子郵件。

「啊，是一郎傳來的……他要我代他向大家道歉。他說突然感覺很不舒服，雖然他也搞不清楚是什麼狀況，但他覺得自己不能靠近啤酒館。」

「那是什麼意思？」

「搞不好他是感覺到有幽靈。」

「怎麼可能啊，他又沒有靈異體質。啊，該不會是蚊香的味道讓他不舒服吧？這裡不是點了很多蚊香嗎？一郎可能是聞到蚊香的味道，所以才狀態不好。」

「有可能喔，因為他是蜜蜂啊。」

大家都笑了，只有美鈴笑不出來。她臉色發白，拉著真衣的袖子問：

「他們說一郎是蜜蜂，這句話是什麼意思？」

「啊，我沒告訴你嗎？一郎姓蜂谷，就是蜜蜂的蜂，山谷的谷，蜂谷，所以大家說他是蜜蜂。」

「……」

「喂，美鈴，你怎麼了？你的臉色好差。」

「完……」

「啊？你說什麼？」

「我完了。」

美鈴終於恍然大悟。一郎會突然不舒服逃離現場，都是因為自己的緣故。

美鈴使用了「最強」的驅蟲香水，所以任何昆蟲都無法靠近。意思就是，就連姓名中有「蟲」這個字，或是帶有「昆蟲」意思的人都不行。

「沒想到會有這種事。」

美鈴覺得雙腿發軟。

原本以為終於遇到白馬王子了，沒想到王子居然無法靠近自己，早知道就不要用什麼驅蟲香水了……

「算了！」美鈴擦去差點奪眶而出的眼淚。

如果把沒有昆蟲的人生和帥哥放在天秤的兩端比較，自己還是會選擇沒有昆蟲的人生。天底下還有很多男人的名字和昆蟲無關，其中一定有人比一郎更出色。好，這次就放棄吧。今晚要喝個痛快，明天再開始追求新的戀情！

「嘿嘿，嘿嘿嘿……」

「美鈴？你從剛才就怪怪的，有點恐怖耶。」

「沒事沒事，來，喝酒！我今天要開懷大喝！不好意思，給我一杯大杯的生啤酒！」

這天晚上，美鈴喝了一杯又一杯。

幾天之後，有個男生向美鈴告白，說他愛上了美鈴豪爽喝酒的樣子。

「呿！」澱澱忍不住咂嘴，「真可惜，我太小看那個討厭昆蟲的女人了，沒想到比起帥哥，她竟然選擇了沒有昆蟲的人生。昆蟲到底有什麼錯？蜈蚣和蟑螂不是都很可愛嗎？真是莫名其妙。」

澱澱嘆了一口氣，露出嚴肅的表情。

「經過這一次我終於知道了，不要用加強錢天堂商品的效力來搞破壞，還是要用倒霉堂的零食一決勝負才對……下次我一定會成功的。紅子，到時候不知道你會露出怎樣的表情。」

澱澱發出呵呵的笑聲，消失在黑暗中。

三鷹美鈴，二十二歲的女人。平成三十年的五百元硬幣。

3 吸一點口香糖和全都要奶油餅乾

小翔目前讀小學六年級，他最大的煩惱就是讀書。

國文、數學、自然、社會，每一科他都不喜歡。雖然父母把他送去補習班，但他的成績還是沒有進步，每次考試的分數都慘不忍睹。照這樣下去，暑假也會被送去參加補習班的加強輔導營。小翔想要自由自在的過暑假，無論如何都要避免這種情況發生。

「我不要去加強輔導營，一定要想辦法。」

有人向煩惱的小翔伸出了援手。有一天下午，他在前往補習班的路上，來到一家神奇柑仔店。

那家店裡有一位滿頭白髮、身材高大的阿姨，她說小翔是「幸運的客人」，然後向他推薦了一款零食，問他：「你覺得這個怎麼樣？」

那款零食裝在和手心大小差不多大的小盒子裡，盒子上畫了一個穿著王子衣服的男孩，看起來一副很跩的樣子。旁邊還有一隻咧嘴笑著、張開翅膀的吸血蝙蝠。小翔一看到「吸一點口香糖」的盒子，就立刻愛上了。

「我想要這個，我一定要拿到手。」

阿姨說那個商品的價格是一元，他馬上就付錢買了，然後前往補習班。

他在補習班上課時，偷偷打開「吸一點口香糖」看了一下。盒子裡有兩顆大大的圓形口香糖，一顆是紅色，另一顆則是黃色。他看了盒子背面的說明，發現上面寫著很驚人的內容。

這款口香糖可以把別人的才華和能力稍微吸一點到自己身上。首先，要讓擁有自己想要能力的人吃下紅色口香糖，然後自己再吃黃色口香糖，這樣一來就能把對方的能力吸過來了。

雖然說明的內容令人難以置信，但是小翔決定要把紅色口香糖送給星崎惠子吃。

小翔和惠子並不是同一所學校的學生，但是他們都在這間補習班補習，而且惠子每一科的成績都很好。小翔一直很羨慕惠子，如果問他想要吸取誰的能力，那當然非惠子莫屬。

一到補習班的下課時間，小翔馬上跑去惠子身邊。惠子正在認真寫筆記，小翔假裝若無其事的對她說：

「你好厲害，聽說上次小考也考了滿分。」

「啊，嗯，還好啦。」

「你真的太厲害了，我超級尊敬你。來，我請你吃口香糖。」

小翔把紅色口香糖放在手上，遞到惠子面前。

「啊？不用了。」

「你不必客氣，這個口香糖超好吃。電視上說，讀書需要補充糖分，所以我覺得你吃比我吃更值得。」

小翔執意要請她吃口香糖，惠子只好勉為其難的接了過去。不過她放進嘴裡咬了一口之後，頓時露出了笑容。

「好好吃！真的超好吃！」

「我就說嘛。」

「謝謝你，下一節課我可以更專心聽講了。」

「太好了，那我就先回座位了。」

小翔急忙從惠子身旁離開，把藏在手裡的黃色口香糖放進嘴裡。

「真好吃！怎麼這麼好吃！」

口香糖很軟，咬下去的時候裡面好像有果醬流出來一樣，酸酸甜甜的味道，簡直就像是南國的水果。

特別講座

這麼好吃的口香糖，讓他忍不住感動起來，但真正感動他的事還在後頭。

下一節課開始的時候，小翔突然覺得讀書很有趣，老師上課的內容和教科書上寫的文章都進入了他的腦袋。

小翔突然理解了以前不懂的內容，覺得世界好像突然變開闊了，有一種陰沉的天空突然撥雲見日的爽快感。

那天之後，小翔無論在補習班還是學校成績都有進步，但惠子的成績卻稍微退步了一些。小翔覺得她有點可憐，但還是忍不住得意的偷笑，因為這麼一來，暑假就不用去加強輔導營了。

「啊啊，我真是太幸福了！」

暑假結束後，在下學期剛開學的第一天，小翔在上學途中被人叫住了。

「喂，同學。」

他聽到沙啞的聲音回頭一看，發現有個陌生的女孩站在樹蔭下盯著他看。

那個女孩的年紀看起來差不多八歲，有著和夏天很不搭的白皙皮膚和鮮紅嘴唇，而且還穿了一件很少見的黑底紅花和服。她的年紀比小翔小，但是看起來很成熟，有種令人望而生畏的氣勢。

「她看起來不像是我們學校的學生。」小翔一邊想著一邊走近那個女孩。他是六年級的學長，看到年紀比自己小的學妹一個人站在那裡，當然不能置之不理。

「你在這裡做什麼？現在不是上學時間嗎？你的書包呢？」

「呵呵，你覺得我看起來像是要上學的年紀嗎？」

那個女孩露出可怕的笑容，然後直截了當的說：

「你做了壞事，你是不是吸走了朋友的能力？」

「你、你在說什麼？」

「你裝糊塗也沒用，我全都知道。你不是吃了『錢天堂』的零食嗎？你吃了什麼？趕快告訴我。」

女孩聒噪的沙啞嗓音很可怕，小翔忍不住把所有事情都說了出來。女孩用充滿同情的眼神注視著小翔。

「你真是做了一件傻事。」

「為、為什麼？」

「因為『吸一點口香糖』只能吸取某一個人的能力，這個世界上有各式各樣的能力，只會讀書不是很無趣嗎？」

小翔聽了這句話，頓時有種「一語驚醒夢中人」的感覺。

其實小翔的體育也很差，雖然跑步不算太慢，但是整體的運動能力超差。他打籃球從來沒有投籃得分過，踢足球的時候就算傳球給他，他也永遠接不到。班上的女生都笑他「很遜」，他對這件事感到非常屈辱。

相較之下，同班的晉也就不一樣了。他不僅各項運動全能，班上同學也都很喜歡他。雖然晉也的長相並不英俊，但女生都說：「晉也超帥。」

還有繪梨的美術也很強，老師經常稱讚她畫得很好，參加比賽也有得獎，所以小翔很羨慕她。

這麼一想，他突然覺得光會讀書的確還不夠，要是可以同時擁有其他才華就好了。

女孩似乎看透了小翔的心思，遞給他一片餅乾。

那是一隻烏鴉形狀的餅乾，烏鴉張著大嘴，眼睛的部分鑲了一顆葡萄乾。

小翔倒吸一口氣，覺得這塊餅乾實在是太誘人了，和他之前看到「吸一點口香糖」一樣，深深打動了他的心。

他知道，這塊餅乾一定也具有魔力。

果然沒錯，那個女孩對他說：

「這是『全都要奶油餅乾』，雖然和『吸一點口香糖』的效果相同，但是『全都要奶油餅乾』更厲害，因為它可以把其他人的能力和才華全都搶過來。」

「真的嗎？」

「當然是真的，這點和『吸一點口香糖』可是大不相同喔？如果你想要，我就把它送給你。使用方法很簡單，你先把這塊奶油餅乾吃下去，然後想要誰的能力，就只要在那個人身上捏一下，這麼一來，對方的能力就會全都屬於你了。怎麼樣？你是不是覺得很棒？」

女孩沙啞的聲音很刺耳，但是說出來的話像蜜一樣甘甜，誘惑了小翔的心。

小翔立刻被打動了。「她說得對，我還想要擁有很多能力和才華，如果可以擁有那些能力，那不是太棒了嗎？」

「你不可能免費送我吧？這要多少錢？」

「不用錢。」

女孩說完，把「全都要奶油餅乾」塞到小翔的手上，然後雙眼發亮的說：

「一個星期之後我會再來找你，只要到時候你說出我想聽的話，這樣就夠了。」

女孩留下這句令人百思不解的話，然後就轉身離開了。

小翔立刻把「全都要奶油餅乾」吃光了。

酥脆的餅乾帶有鹹香的奶油香氣，吃起來不會太甜，感覺像是大人的味道。雖然吞下去的時候喉嚨有點卡卡的，但是餅乾本身很好吃，所以小翔並不是很在意。

小翔連餅乾屑都吃得精光，然後才走去學校。當他走進教室時，幾乎所有同學都已經坐在座位上了。

小翔轉頭打量四周，找到了自己羨慕的對象。首先，他要對運動健將晉也下手。

他若無其事的從後方走到晉也身旁，然後用力捏了一下晉也的手臂。

「好痛！小翔，你幹麼？」

「對不起，我只是想捏捏看。」

「啊？什麼意思啊？別鬧了。」晉也很生氣的說。

「我就說對不起了嘛，以後不會再捏你了。」

小翔立刻離開晉也，內心興奮得不得了。

「我把晉也的運動能力搶過來了嗎？」小翔這麼想著。

這個問題的答案很快就揭曉了。第一堂課剛好是體育課，而且是小翔最討厭的足球。

沒想到今天踢足球的時候，小翔大顯身手。他像老鷹一樣滿場飛，從對手那裡搶球之後，漂亮的傳球給隊員，最後還射球進門，成功的贏了一分。

他在球場上的巨大變化，不僅同學們很驚訝，就連小翔自己也大吃一驚。他沒想到「全都要奶油餅乾」竟然這麼神奇。

至於晉也，他在球場上失誤連連，大家都忍不住罵他：「你在搞什麼啊！」看到晉也垂頭喪氣的樣子，小翔感到痛快不已。

但是事情還沒有結束，小翔並沒有因此滿足，他還想要擁有更多的才華。下一節是書法課，他想搶走夏美寫了一手好字的能力。

足球比賽結束和其他隊伍交換的時候，小翔隨手捏了夏美的背部一把。

「喂！你幹麼啊？」

「抱歉，你身上有一隻蟲子。」

「蟲子？不會吧？你幫我拿掉了嗎？」

「現在已經沒有了。」

「太好了，謝謝你。」

「不客氣，剛剛捏到你很痛吧？我是不想嚇到你，所以就先幫你把蟲子拿掉了。」

「這樣啊，小翔，沒想到你人這麼好。」

聽到夏美的感謝，小翔笑得合不攏嘴。

第二節課上課的時候，一切都和他想得一樣。

小翔運筆如飛，可以隨心所欲的操控筆墨。

「小翔，你寫字大有進步喔。」

能讓老師大吃一驚，小翔感到很得意。他瞥了夏美一眼，發現夏美怎麼寫都寫不好，正在抱頭苦惱。

無論是踢足球還是寫書法，都證明了「全都要奶油餅乾」真的能讓他在捏別人之後，把別人的能力搶過來。最重要的是，可以把很多人的能力占為己有。

「這真是太棒了。」

小翔開始到處去捏別人。會做菜的同學、很會畫圖做美勞的同學、很會逗大家開心的同學、動物願意親近的同學、很會玩對戰遊戲的同學……

他把這些同學的能力全都搶了過來，但是依然不滿足。只要一得到能力，他又會立刻想要新的能力。

一個星期過後，他擁有了所有六年級學生的能力和才華。

然後，那個身穿黑色和服，看起來有點可怕的女孩再度出現在他的面前。那天也是在早上，她在小翔上學的路上等他。

「怎麼樣？」女孩問他：「你有沒有妥善運用『全都要奶油餅乾』的威力？」

「當然有啊，我可是物盡其用，現在所有事情都很拿手，而且女生也開始喜歡我了。」

「這樣啊，那真是太好了。怎麼樣？你喜歡我給你的『全都要奶油餅乾』，還是『吸一點口香糖』？」

「當然是『全都要奶油餅乾』啊。」

小翔語氣堅定的說。

「這是理所當然的啊，如果一開始我就拿到了『全都要奶油餅乾』，根本不會去買『吸一點口香糖』。而且我覺得被騙了，真想把那一元硬幣拿回來。」

女孩聽了小翔說的話，露出燦爛的笑容。她的雙眼亮了起來，不知道在高興什麼。

「我就是想聽你說這句話。謝啦，為了表達感謝，我就不收你的錢了。『全都要奶油餅乾』的威力，一輩子都屬於你。」

女孩愉快的對心裡發毛的小翔輕聲說完，便轉身離開了。

等到那個女孩的背影消失之後，小翔才終於吐了一口氣。他在不知不覺中冒了一身冷汗，簡直就像是遇到了幽靈，有種不舒服的感覺一直黏在心上。

得轉換一下心情了。只要擁有新的才華，心情也會好起來。

小翔到校時，班上同學早就已經在教室裡了，他們聚在一起，在小翔走進教室時轉頭瞪著他。

小翔立刻察覺到事情不妙了。不過他依然面帶笑容，用開朗的聲音對大家說：

「早安！大家怎麼了？今天都來得很早啊。」

「你不要過來！」

吸一點
口香糖

晉也冰冷的聲音，讓小翔忍不住打了一個冷顫。

「為、為什麼說這種話？」

「我們討論過了。」

「沒錯，大家討論後發現，我們都是在被你捏了之後才變得很奇怪，或是表現失常。」

「你是不是做了什麼？趕快從實招來！」

小翔臉色發白。

「慘了，自己做得太過分了。因為從同學身上搶走各種能力，結果被他們發現了。」小翔心裡十分忐忑。

小翔還想要掩飾自己的不安，但是同學個個充滿殺氣，慢慢的向他逼近，他只好逃出教室。

小翔擁有比其他人跑得更快的能力，所以轉眼間就和其他同學拉開了距離，但是同學們並沒有放棄，大家大聲叫著，鍥而不捨的在後面追他。

小翔覺得很害怕，奔跑的速度越來越快。

他就這樣跑出校舍，一路逃到校門外。

這時，學校門口正好在修路。

小翔像子彈一樣衝到馬路上，被寫著「修路中」的柵欄擋住了去路，但是他衝得太快，一時之間停不下來。

小翔用盡全力跳過柵欄，簡直就像是在參加跨欄比賽，但是他跳過柵欄後，腳下並沒有地面。那裡的柏油路被鏟掉，泥土也被挖了起來，下面是一個很大的坑洞——

小翔就這樣掉進了坑裡。

「嘿嘿嘿。」澱澱在黑暗中笑了起來。她太高興了，一直笑個不停。

「啊啊，太好了，我成功了！那種貪心的小孩太好騙了。可惡的紅子，你現在應該很慌張吧。你又失去了一樣寶貴的東西，真想看到你流眼淚。嘿嘿嘿！太好了，下次就直球對決，看看誰的零食更有威力。」

可怕的笑聲一直在黑暗中迴盪。

瀧宮翔，十二歲的男孩，用昭和五十四年的一元硬幣，在錢天堂買了「吸一點口香糖」，但在溷溷的慫恿下，選擇了「全都要奶油餅乾」。

4 怪事

錢天堂柑仔店內有許多神奇的零食。

這一天，老闆娘紅子決定要檢查一下寶物箱。

紅子的寶物箱是歷史戲劇中經常出現的那種裝金子的木箱，裡面有許多小瓶子，每個小瓶子裡都裝了一枚硬幣，那些硬幣是來到錢天堂的幸運客人，購買零食或玩具支付的錢。

她這麼細心珍藏這些硬幣當然是有原因的。

當客人掌握幸運妥善運用錢天堂商品的力量時，客人支付的硬幣就會變成金色招財貓，在店裡的零食工房努力製造點心。

但是，如果客人對錢天堂的商品不滿意，或是那些商品造成客人的不幸，硬幣就會變成黑漆漆的不幸蟲，沒辦法對店裡有所貢獻。隨時檢查寶物箱，了解客人支付硬幣的變化，也是老闆娘紅子的重要工作。

紅子像往常一樣打開寶物箱的蓋子，看到排列得整整齊齊的小瓶子，忍不住露出了笑容。

「哎呀哎呀，這次誕生了兩隻招財貓，我真是太高興了。雖然發生溵溵從冷凍庫逃走的煩心事，讓我有點鬱悶，不過招財貓誕生的喜悅，讓鬱悶的心情都煙消雲散了。」

紅子說完，便把那兩個瓶子拿出寶物箱，放出瓶子裡的小招財貓。

招財貓一離開瓶子，身體馬上迅速長大，原本跟蠶豆差不多大的體型，一下子變成像馬克杯那麼大。

紅子溫柔的對伸著懶腰的兩隻招財貓說：

「歡迎你們來到錢天堂，希望你們可以做出很棒的零食。」

說完之後，她蓋上了寶物箱的蓋子，準備把箱子放回原來的地方。這時，一隻黑貓像子彈一樣衝了出來。

牠是店貓墨丸。

「喵喵喵！」

墨丸心急如焚的大叫，紅子的臉一下子變得蒼白。

「怎麼……又出現了嗎？我馬上過去！」

紅子把剛誕生的招財貓放在肩膀上，沿著後方的樓梯走下樓，來到了地下室的零食工房。

金色的招財貓平常都在這裡忙碌的生產零食……但是現在沒有半隻招財貓在工作，牠們全都聚在一起，不知道在圍著什麼東西。

招財貓看到紅子跑了過來，立刻為她讓出一條路。

有一隻招財貓躺在地上痛苦的打滾。

「啊啊，怎麼會這樣！」

紅子急忙把那隻招財貓抱了起來。

「振作點，你趕快振作起來！」

但是招財貓金色的身體慢慢變黑，原本圓滾滾的身體也扭動起來，最後連體型都變了。

原本的招財貓變成了奇怪的蟲子。那隻蟲子長著翅膀，全身像黑暗一樣黑，還有一雙可怕的大眼睛。

蟲子用那雙眼睛用力的瞪視紅子，然後拍著翅膀飛走了。

紅子在原地楞了很久，周圍的招財貓和墨丸也縮成一團，不敢大聲呼吸。

「又有……又有招財貓變成了不幸蟲……」紅子臉色鐵青，終於擠出聲音這麼說。

「連續發生這種事……照理說，不可能會有這種事才對。」紅子小聲的嘀咕著。

「上次是『恐龍汽水』的招財貓出狀況，這次則是『吸一點口香糖』的招財貓出事。照理說，那兩位客人得到了幸運，所以才會有招財貓誕生……但是為什麼會這樣？只有客人憎恨我們的零食，或是大聲說：『我才不要這種東西！』才會發生這種情況。」

不過，紅子的慌張並沒有持續很久。

她很快就恢復鎮定，露出異常平靜的眼神，看著周圍的招財貓說：

「我猜是有人想要毀掉錢天堂，肯定發生了什麼不好的事。」

「喵，喵？」

「墨丸，你說得對，這絕對不是巧合。這些招財貓好不容易才加入錢天堂，沒想到竟然有人用惡意對付牠們……我絕對不會原諒那個幕後黑手！」

紅子高大的身體冒出了怒火。

「之前闖進工房，做了很多壞事的黑色招財貓還關在和室裡吧？把那兩隻黑色招財貓帶過來。」

「喵？」

「沒什麼，我要讓那兩隻招財貓幫我找到凶手。會做這種事的……十之八九就是那個人，這次我一定要解決她。」

紅子說完便笑了起來，而且她的笑容看起來很可怕。

5 急驚風麻糬和慢郎中蘋果

希美目前就讀國中二年級，雖然自己這樣說有點不好意思，但她是個慢郎中。如果只是做事慢吞吞並不會對其他人造成影響，但傷腦筋的是她很不守時。

每天早上媽媽都會趕她出門，所以她上學還算勉強不會遲到，但是和同學相約結果就不一樣了，她每次都遲到，從來沒有準時過。

出門前，如果時間還很充裕，她就會放心的覺得「現在還早不

會遲到啦」，想著時間空在那裡很可惜，就跑去看點書或是看電視。等她回過神時，時間早就已經過了，變成快要遲到的狀況。

一旦發現快要遲到了，她又會覺得「反正都來不及了」，現在急急忙忙趕去也沒用」，最後就變成遲到很久，朋友每次都會因為這件事抱怨。

希美也覺得遲到很丟臉，想要改掉這個毛病，但是一直無法成功。

因為希美太常遲到，她的好朋友留美子終於忍不住生氣了。

「你不可以再這樣了！」

留美子的個性和希美剛好相反，她做任何事情都一絲不苟，甚至有點急性子。

她們從小學時期就是好朋友，在很多方面都很合得來，只有在時間的問題上南轅北轍。

「你不守時會讓我心情很差。」留美子很明確的告訴她。

「你人很好，我也很喜歡你，但是說句老實話，我已經快要忍無可忍了。寒冷的冬天讓我在車站的月臺上等三十分鐘，這簡直讓人難以置信。夏天的時候也不輕鬆，我差一點就要中暑了。」

「對不起……」

「你的『對不起』我已經聽膩了。」

留美子說話的語氣仍然很生氣。

「我們不是約好週末一起去看電影嗎？如果你再遲到，我們真的就到此為止了，我不想再和你當朋友了。」

「不、不要這樣。」

「如果不希望發生這種情況，那就請你守時，知道了嗎？星期六的十一點，我們在三鄉車站的驗票口見。我話先說在前頭，這次我連一分鐘都不會等你。」

留美子把話說完，就直接轉身離開了。

希美很慌張，覺得這下真的慘了。

留美子看起來真的生氣了，自己星期六絕對不能遲到。既然這樣，星期六就提前一個小時出門，這樣就可以提早三十分鐘到達約定的地方。只要自己比留美子更早到，她應該就不會生氣了。

這次絕對不能遲到。希美下定了決心。

星期六的早晨，希美很早就起床了，而且真的比約定時間提早一個小時出門。

「太好了，好的開始是成功的一半。走去車站搭電車到三鄉車站大約十五分鐘，就算電車誤點時間也綽綽有餘，這樣應該不會遲到。」希美在心裡計畫著。

「嗯，太完美了。留美子看到我先到，一定會大吃一驚，到時候我要對她說什麼呢？」

希美想著這些事走在街上，卻突然停下了腳步，因為她似乎聽到有人在叫她。

轉頭一看，她發現眼前有一條小巷。小小的巷弄一直通往深處，看起來有點昏暗，雖然有些令人害怕，但是希美很想走進去。

「不行、不行，我要先去車站，現在面臨的是友情危機，等回來的時候再去這條巷子看看。」

雖然她這麼告訴自己，但是卻無法移動腳步，不知道為什麼，無論如何她都想走進去看看。

她突然轉念一想，反正現在時間還早，繞過去看看應該沒什麼問題吧？一定不會遲到的，這條巷子說不定是通往車站的捷徑呢。

她忘記自己以前常常就是因為這種情況而遲到，依舊邁開步伐走進了小巷。

希美覺得自己好像走進了寶藏洞窟，猜想前方一定有什麼很棒的東西在等著她。

她快步往前走，發現小巷深處有一家商店。

那是一家柑仔店，掛著寫了「錢天堂」這三個字的漂亮招牌。

雖然店面不大，但有一種古色古香的味道，感覺是一家很棒的店，而且陳列的商品非常出色——

有貘貘最中餅、幸運餅乾、安靜螃蟹仙貝、珠寶果凍、河童鳳梨、出色派、想見你鯛魚燒、變變變法國麵包脆片、知道了塔、天堂涼粉、天下無敵甜甜圈……

店裡的零食她都沒看過，而且每一樣商品好像都在發亮。

「啊，怎麼這麼有趣！我可以在這裡逛好幾個小時。」

希美陶醉的看著這些零食，把和留美子約好看電影的事忘得一乾二淨。

這時，她看到店裡的牆上貼著宣傳單，白色的紙上用毛筆寫著「本店有銷售急驚風麻糬」，這幾個字看起來蒼勁有力。

希美一看到那張紙，就像是被雷打到那樣，大受衝擊。

「急驚風麻糬！這個名字聽起來好厲害，我想要！雖然不清楚那是什麼東西，但是這簡直就是為我量身打造的！」

正當她湧現這種想法的時候，有個人影從店裡慢條斯理的走了出來。

那個女人比希美高很多，身材像是相撲選手一樣，雖然臉蛋看起來很年輕，但是頭髮全都白了。她穿著一身紫紅色的和服，從她的樣子和渾身散發出的感覺，就知道她不是普通人，整體看起來氣勢驚人。

女人的手腕上掛著一個手提袋，似乎正準備出門，但她一看到希美，立刻露出滿面笑容。

「哎呀呀，原來有客人啊，真是運氣太好了。我打算出門辦點事，如果早一步出門，就沒辦法賣零食給客人了。請問你有什麼心願呢？不管有什麼心願都儘管說出來，還是你已經找到想要的零食了呢？」

女人像在唱歌似的詢問她，希美雖然感到驚訝，但還是戰戰兢兢的開了口。

「請、請問……那裡寫的『急驚風麻糬』是什麼？」

「喔，你是問這個嗎？『急驚風麻糬』是吃了之後會變得有點急躁的麻糬，可以讓不守時的人變得很守時。如果是個性本來就很急躁的人，那就不推薦這種零食，不過我覺得它非常適合你。」

女人對她這麼說，好像完全看透了希美的性格。

「讓性格變得有點急躁的麻糬？怎麼可能會有這種東西？她是在

調侃我嗎？」

希美在心裡這麼想著，卻越來越想要急驚風麻糬了。好想要，好想要，想要得不得了。

「我要買這個！」

「那請你先付錢，這個麻糬要五十元。」

希美拿出錢包裡的五十元硬幣交給女人，女人再度露出了笑容。

「沒錯，平成十年的五十元硬幣，就是今天的寶物。我馬上為你準備『急驚風麻糬』，請稍等一下。」

女人說完便走進店內深處，拿出一個很大的炭爐和扇子。她把

幸運餅乾
本店有銷售
急驚風麻糬
附贈鑰匙圈

炭爐放在店外，用火柴點燃了炭，然後把一塊四方形的小麻糬放在炭爐的鐵網上。

接著，女人開始俐落的烤麻糬。她一邊用扇子搧風，一邊在麻糬上抹醬油，確認麻糬是否烤得均勻。

四周瀰漫著醬油微焦的香氣，希美忍不住吞了一口口水。

「看起來好好吃，可不可以快點烤好？」希美忍不住這麼想著。

麻糬終於膨了起來。女人又抹了一次醬油，才把麻糬從網子上拿起來，用一片海苔包好之後遞給希美。

「給你，現在麻糬還很燙，小心別燙到舌頭了。」

希美高興的接過剛烤好的「急驚風麻糬」，張大嘴巴咬了一口。

「太、太好吃了！」

麻糬烤得剛剛好，海苔和醬油的香氣也相得益彰，Q彈的咬勁更是讓人欲罷不能。

希美忘我的吃著麻糬，才一轉眼的工夫就全都吃完了。吃完零食，她才突然回過神。

「慘了！我竟然忘記時間了。」

她低頭看手錶，發現已經過了很長一段時間，如果繼續磨蹭，很可能會無法趕上和留美子約定的時間。

平常遇到這種情況，希美都會想著：「應該來不及了，現在匆匆忙忙的趕過去也一樣，還不如慢慢來」，在努力之前就早早放棄。

但是，今天不一樣。

「只要抓緊時間，或許還來得及。只要盡全力奔跑，搞不好可以趕上。」

希美在這樣的心情驅使下，開口詢問柑仔店的女人：

「不好意思，請問有沒有通往車站的捷徑？」

「只要沿著那條路直走就到車站了。」

「謝謝你！」

希美匆忙道謝後拔腿狂奔。她跑到女人說的那條路，很快就離開了巷子，外頭剛好就是車站旁邊的那條路。

「太好了！」

她全速衝進驗票口，然後衝上手扶梯，剛好趕上了駛入月臺的電車。

就這樣，雖然她剛才閒逛了一陣子，最後卻在十一點前趕到了約定的地點。

她看向時鐘確認時間，發現現在距離十一點還有十分鐘。留美子還沒有到，自己真是太厲害了，以前從沒發生過這種情況。

希美上氣不接下氣的喘著氣，但是突然感到很高興。這是她第一次沒有遲到，能在約定的時間內抵達，感覺心情特別的好。

「這一定是吃了『急驚風麻糬』的效果。那個女人說這種麻糬可以讓人變得有點性急，而且會變得守時。原本還以為她是在開玩笑，沒想到她說的話可能是真的。如果這是真的，那自己就太幸運了。」從此以後，留美子和其他朋友就不會再對自己生氣，也不會覺得希美無藥可救了。

希美興高采烈的哼著歌等待留美子出現。

但是等了五分鐘，依然沒有看到留美子的身影。以前留美子總是得意的說：

「我都會比約定時間提早五分鐘抵達。」

希美又等了五分鐘，但是到了約定的十一點，留美子仍然不見蹤影。

留美子要是再不來，可能會趕不上電影開場的時間。她怎麼還不來呢？

希美很著急，這種著急漸漸變成了不安。

「留美子不可能會遲到，她該不會是在來這裡的路上發生了什麼意外吧？」希美心裡閃過各種念頭。

她急忙拿出手機傳訊息給留美子，但是留美子也沒有回覆，這讓希美更加不安了。

「唉，留美子怎麼這樣！如果會遲到，至少也該打電話通知一下啊！」

想到這裡，希美突然想起了一件事——

仔細一想，這不就是自己以前對朋友做的事嗎？

沒錯，希美以前總是遲到，讓大家等很久。因為她從來沒有想過，等待竟然會讓人這麼焦慮不安。現在她終於體會到了，自己以前真的很對不起留美子和其他朋友。

「我真是太差勁了……」

希美直到這一刻才終於深刻反省。

最後，留美子比約定的時間晚了七分鐘。

「希美，對不起，真的很對不起！」

「太好了！我還以為你出了什麼意外。」

「對不起！」

「沒關係，我們趕快走吧，電影快開場了！」

她們就這樣急急忙忙的走向電影院。

希美快步的走著，同時開口說：

「我沒想到你會遲到。發生什麼事了嗎？為什麼沒有回我訊息？」

「我的手機沒電了，又忙著處理一些事情，結果就耽誤了出門的時間，真的很對不起。」

「……」

希美忍不住停下了腳步。

手機沒電？耽誤了出門的時間？這完全不像是留美子的作風。

留美子做事向來有條不紊，簡直到了有點神經質的程度。

希美緊張的問：

「你該不會是感冒了吧？還是發燒了？」

「沒有沒有，我的身體沒問題，不是你想的那樣……不過，今天會發生這樣的事，我大概知道是什麼原因。」

留美子害羞的低下了頭。

「上次我不是因為你遲到的事很生氣，說了重話嗎？那天之後，我反省了一下，覺得可能是我自己太性急，所以才把事情想得很嚴重，所以決定要學著放慢腳步。在我產生這樣的想法之後，有個奇怪的女孩向我搭訕，然後給我一種很神奇的零食。」

希美大吃一驚。神奇的零食？該不會……

「留、留美子，給你零食的人，是不是一個個子高大，而且有著一頭白髮的阿姨？」

「你在說什麼啊？完全不是。給我零食的人，看起來是個就讀小學二年級的女孩，她雖然長得很漂亮，但是聲音好像老太婆……這麼說好像很壞，但她看起來有點可怕。她好像知道我的煩惱，所以遞給我一個鮮紅的蘋果糖。她說那個零食叫做『慢郎中蘋果』，吃了之後就會放慢腳步。我也不知道為什麼，竟然相信了她的話……」

「所以你吃了嗎？」

「嗯，吃了之後我覺得自己真的放慢了腳步。雖然這樣不全然是壞事，但是今天這樣真的太糟糕了，我完全沒想到自己會遲到……對不起，你聽了是不是也覺得很難相信？」

「不，我相信你。」

「真的嗎？」

「當然是真的，因為我也吃了神奇的零食，只不過我是在柑仔店買的。」

希美說完，便把自己去錢天堂柑仔店的事，還有買了「急驚風麻糬」的事，全都告訴了留美子。

「所以……你也吃了神奇的零食？」

「對，所以我現在變得有點急性子。」

「怎麼會這樣？我好不容易才為了你變成慢郎中。」

「我也一樣啊，我也是為了你，才想讓自己變成急性子。」

她們看著彼此，忍不住放聲大笑起來。無論是自己的事，還是對方的事，都太好笑了。

「我們真是太傻了！」

「就是說啊！但是你不覺得這種傻也不錯嗎？」

「你說得對！啊，電影！」

「糟糕，要加快腳步了！留美子，我們用跑的。」

「咦？你不覺得乾脆看下一場比較好嗎？」

「不行啦！如果看下一場，不是沒時間逛街買東西了嗎？快跑啦！」

希美抓著留美子的手跑了起來。

那天傍晚，希美癱倒在家裡的沙發上。

「今天一整天真是累壞了。」

希美和留美子趕上了電影的放映時間，電影很好看，但是之後很不輕鬆。

電影結束後，希美想趕快離開，去家庭餐廳吃飯。留美子則是想要看完片尾字幕，還想要買周邊商品和電影簡介。

在家庭餐廳，希美很快就點好了自己想吃的餐點，而且很快就吃完了。可是留美子遲遲無法決定到底要吃什麼，而且吃飯的速度也超慢。

希美在一旁覺得很著急，也很受不了，但是留美子反而說她：

「你今天太急躁了。」

最後，她們得出了結論——

「雖然我們的角色互換了，但一切還是老樣子。」說完，兩個人都大笑起來。

「真是一點都沒變。」回想起這件事，希美忍不住笑了出來，接著站起身。

雖然午餐吃得很飽，還吃了蛋糕，但是她仍然覺得有點餓。今天爸爸、媽媽要去外面吃飯，乾脆泡一碗杯麵來吃吧。

希美立刻燒了開水，準備泡麵。把熱水倒進去，三分鐘後馬上就可以吃了。

但是……今天的希美等不了三分鐘。

「把調味粉放進去也要花一點時間，我不想吃以前那種泡糊掉的麵，現在就打開蓋子享用吧！」

結果泡麵還很硬，即使用筷子戳，也無法把麵條分開。

「嗯，好像太早打開蓋子了。」

只要再等一下，麵應該就會變軟，但是希美等不及了，她夾起還很硬的泡麵吃了起來。

她以前都是吃泡得很糊的泡麵，沒想到「急驚風麻糬」的效果，居然也會發揮在這種事情上。

「吃了『慢郎中蘋果』的留美子，不知道以後會不會一直吃泡糊掉的泡麵。」

希美想像留美子一臉無奈的吃著泡得軟趴趴泡麵的樣子，忍不住噗哧一聲笑了出來。

錢天堂的老闆娘紅子，來到一間黑暗中的小屋。她拿在手上的手提袋，裡頭好像裝了什麼生物，在手提袋裡拚命動來動去。

「看來似乎就是這裡。你們安靜點，我很快就會讓你們見到你們的主人。」

紅子摸著手提袋，走進了小屋。

小屋內空蕩蕩的，沒有半個人影也沒有傢俱，只有牆上掛著兩面圓形的鏡子。不過這兩面鏡子都碎了，地上滿是鏡子的碎片，看來是有人生氣得用拳頭把鏡子砸破了。

紅子小心翼翼的探頭查看打碎的鏡子碎片，這兩面鏡子的碎片，分別映照出兩名不同的少女。其中一位是向紅子購買「急驚風麻糬」的少女，另一位少女的身上，則有「倒霉堂」的零食味道。

「原來是這麼一回事啊。」

溵溵看到那名少女買了「急驚風麻糬」，就把自己的零食賣給少女的朋友。溵溵一定是想讓少女的朋友變成慢郎中，讓她們兩個人交惡，然後讓少女後悔自己不該吃「錢天堂」的零食。

但是，鏡子中的兩名少女都笑容滿面，對自己吃的零食感到很有趣。即使因為得到的能力帶來了麻煩事，也笑著認為「這是無可奈何的事」。對想要操縱惡意的澱澱來說，這兩位堅強又開朗的少女是最可怕的敵人。

不管發生任何事，都無法讓這兩名少女後悔，所以澱澱一定是氣急敗壞的打破了鏡子，不知道跑去哪裡了。

紅子繼續等了一陣子，但是澱澱依然沒有回來。

「澱澱似乎是打算拋棄這個藏身之處……那只能請你們繼續尋找你們的主人了。」

紅子對在手提袋裡掙扎的東西說完，便離開了小屋。

佐野希美，十四歲的女孩。平成十年的五十元硬幣。

6 如魚得水汽水和一馬當先糖

目前就讀小學三年級的彩音個子很嬌小，身高只有一百零九公分，不僅是全班最矮，更是全年級最矮的學生，就算她說自己是一年級學生，別人也會相信。

不久之前，身高的問題還是彩音的煩惱。

因為她太矮了，大人都看不到她，一搭上擁擠的電車，她整個

人都快被壓扁了。只要在年底去百貨公司或是遊樂園這種擠滿人的地方，她很快就會被人群淹沒，在人群中被推來推去。

所以彩音很討厭人多的地方。雖然很想去遊樂園或是熱門的運動公園玩，但每次都會和父母走散，變成迷路的小孩真的超痛苦，而且哥哥還會抱怨：「光是找你就浪費了一大堆時間，根本沒時間好好玩。」

她很想解決這個問題，有沒有什麼解決辦法呢？

彩音為這個煩惱困擾許久，但是有一天，她感受到一股神祕的力量，把她引導到一家神奇的柑仔店。那家店門口有很多彩音從來沒有見過的零食，還有一個很高大的阿姨，身高差不多是她的兩倍。如果自己長得像阿姨這麼高，體型也像她這麼壯，這麼一來，就算面對再擁擠的人群也不用怕，而且也不會和家人走散了。

彩音露出羨慕的眼神看著阿姨。阿姨對她說這裡是名叫「錢天堂」的柑仔店，絕對能找到她想要的零食。

說完，阿姨請她進入店內。

店裡有更多零食和玩具，還有一個透明的小冰箱，裡面放滿了果汁和飲料。

冰箱裡有一瓶叫做「如魚得水汽水」的飲料，彩音忍不住盯著它看。

藍色的飲料閃閃發光，裝在魚兒造型的細長瓶子中。彩音第一眼看到它就很想要，於是就用昭和三十九年的十元硬幣把汽水買下來了。

「如魚得水汽水」的瓶子背面，寫了這樣的文字：

熱門觀光景點、早晨通勤尖峰時間……向害怕擁擠的你推薦這瓶「如魚得水汽水」。從今以後，你就可以擺脫被人踩到腳或是被人撞到的煩惱了！

瓶子上寫的這些文字簡直就像是在做夢，彩音很希望這是真的，所以決定要把汽水喝下去。

其實彩音不太喜歡汽水，因為喝汽水時嘴巴和喉嚨都會感覺刺刺的，不過她覺得「如魚得水汽水」好喝得不得了。

汽水在淡淡的甜味中添加了檸檬的清新風味，氣泡經過喉嚨的感覺很舒服。

彩音一口氣把汽水喝完，突然變得大膽起來。

她覺得自己現在去擁擠的人群中應該也不會有問題。

彩音把喝完的空瓶放進背包，然後大步向前邁進。

她要去附近的車站。車站周邊有大型超市、藥妝店和書店，每到傍晚，下班的大人和買菜的家庭主婦，總是把車站前擠得水洩不通，以前的彩音絕對不會靠近那裡。

但是，那天的她衝進了黑壓壓的人群。

結果出乎意料——

彩音像一條小魚一樣，輕鬆的在人群中鑽來鑽去，完全沒有撞到任何人，也沒有被擠到其他地方。

才一眨眼的工夫，她就穿越了人群。

彩音不敢相信，沿著剛才的路又走了回去，結果和剛才一樣，

完全沒有遇到任何阻礙。平時只要一走進人群，她很快就會迷失方向，沒想到今天竟然一下子就走出來了，這應該就是「如魚得水汽水」的功效。

「太好了。」彩音高興得跳了起來。

那天之後，彩音終於擺脫了過去的煩惱，即使到人潮洶湧的地方，她也能像魚兒在水裡游泳般順利前進，並且成功抵達她要前往的目的地，不會再因為走失造成家人和朋友的困擾。

「能喝到『如魚得水汽水』真是太好了！」

彩音覺得非常滿足。

後來有一天，剛好是商店街的特賣日，所以街上人滿為患。那時她走在路上，突然被人抓住手臂拉進了小巷子。

彩音大驚失色的轉頭一看，發現身旁有一個女孩。那個女孩穿了一件黑色和服，雖然她長得很漂亮，但是那雙銳利的眼睛讓人覺得不能輕忽大意。

那個女孩用又粗又沙啞的聲音，直截了當的對她說：

「你有很厲害的能力，該不會是去了『錢天堂』吧？」

「你、你怎麼知道？」

彩音大吃一驚，忍不住開口反問。比起害怕和憤怒的情緒，她更感到驚訝。

女孩笑了起來，紅色的嘴唇彎成了月牙的形狀。

「你在人群中走得那麼輕鬆，我當然看得出來。你真厲害，到底是買了什麼才擁有這種能力？趕快告訴我吧。」

女孩輕聲細語的詢問，讓彩音感到很得意。

她從來沒有把「如魚得水汽水」的事告訴任何人，就連家人和朋友都沒說，因為她覺得說了別人也不會相信。但是這個女孩知道錢天堂，所以一定會相信自己說的話。

彩音滔滔不絕的說了起來。

女孩聽完之後，一臉佩服的點了點頭說：

「原來如此，你喝了『如魚得水汽水』。你挑了一個好商品，真的很聰明呢。」

「對吧？嘿嘿嘿。」

「可是啊……你不覺得只有『如魚得水汽水』還不夠嗎？」

「咦？」

「既然能暢行無阻，你沒有想過擁有特等席會更好嗎？」

說完，那個女孩拿出一個圓形的小瓶子，瓶子裡頭裝滿了星星形狀的淡紫色金平糖。

「這個是『一馬當先糖』，只要吃了它，即使前面排了很長的隊伍，你也可以變成第一個。」

「『如魚得水汽水』不是也可以做到這件事嗎？」

「這怎麼可能呢？『如魚得水汽水』只能撥開人群，卻無法改變排隊的順序。比方說，排在後面的人不顧順序直接走到前面的話，不是會被那些乖乖排隊的人罵嗎？但是，只要你吃了『一馬當先糖』，就算插隊也沒關係，因為你永遠都會在隊伍的最前頭，不用為了結帳排很長的隊伍，也可以買到限量的玩具和遊戲。怎麼樣？是不是很棒呢？你不想要這樣嗎？」

彩音聽著那個女孩說的話，不知不覺的心動了，她無論如何都想要得到「一馬當先糖」。

女孩看到彩音露出渴望的眼神，於是笑著把瓶子交給了她。

「咦？」

「送給你，這個零食才適合你。」

「可、可以嗎？真的要送給我嗎？」

「對啊，但是一個星期之後，我會來問你的感想。呵呵，不知道你到時候會說什麼，我很期待喔。」

那個女孩說完，就在小巷深處消失了蹤影。

彩音立刻打開一馬當先糖的瓶蓋。

雖然父母和老師教過她「不能隨便吃陌生人送的東西」，但是這應該是指不能吃大人送的東西，小朋友送的應該沒問題。

彩音為自己找了藉口，拿起一顆「一馬當先糖」放進嘴裡。

一馬當先糖的形狀看起來有很多稜角，但是入口即化，簡直就像雪花一樣，很快就在舌尖上融化了。雖然隱隱約約的有點苦味，不過很快又被甜味取代了。

彩音愛上了這種甜味，欲罷不能的吃了一顆又一顆，最後把瓶子裡的一馬當先糖全都吃光了。

「瓶子裡應該多裝一點糖果才對。」彩音舔了舔嘴脣，看向商店街的方向。

好，自己已經吃了魔法糖果，現在就來試試效果。

這條商店街上有一家超紅的可樂餅店，那家店的可樂餅物美價廉，每天都大排長龍。排隊購買的時候，常常輪到自己就賣完了。

現在她吃了「一馬當先糖」，搞不好可以順利買到。

彩音走向可樂餅店。跟平常一樣，那裡已經有二十幾個客人在排隊了。

怎樣才能發揮「一馬當先糖」的效果呢？不理那些排隊的人，

直接走到隊伍最前面嗎？不行，這樣太囂張了，還是先排在隊伍最尾端吧。

彩音走過去排隊，沒想到奇怪的狀況發生了。排在她前面的人，接連離開了隊伍。

「糟糕！我好像忘記鎖家裡的門了！」

「我想起來了，宅配的人四點要來送貨。」

「現在可不是買可樂餅的時候。」

那些人嘀嘀咕咕的說著這些話，一個接著一個離開了。

一轉眼，彩音就站在隊伍的最前面了。店員面帶微笑的對大吃一驚的彩音說：

「歡迎光臨，請問你要買什麼？」

「啊……好，那個，請給我一個可樂餅。」

「好！一個可樂餅。這是剛炸好的，你很幸運喔。」

彩音從店員手中接過熱騰騰的可樂餅，回頭一看，發現後方又排了長長的人龍。

她在回家的途中邊走邊吃可樂餅，感受著幸福的滋味。

「我真的好幸運。先買到了『如魚得水汽水』，然後又得到了『一馬當先糖』。能吃到兩種魔法零食的幸運兒應該很稀有，啊，我太幸福了。」

彩音感受著這種幸福回到了家裡。

一個星期過後，彩音一臉不悅的在商店街走動。她駝著背垂頭喪氣的走路，所以看起來更矮了。

就在這時，有人叫住了她。

「喂，你怎麼了？」

一個身穿黑色和服，剪著妹妹頭的女孩站在旁邊的小巷深處，她就是上次給彩音「一馬當先糖」的女孩。

彩音一看到她，氣得睜大了眼睛。

她跑向那個女孩，一口氣說著自己這一個星期過得有多慘。

「簡直糟糕透頂！那天之後發生了很多不好的事！雖然結帳不用排隊很輕鬆，但是老師每天都第一個點名叫我站起來回答問題！如果按照座位順序，明明不該輪到我回答家庭作業的答案，但是每次都是第一個叫我，真是糟透了！」

體育課的時候，練習單槓和跳箱老師也總是第一個叫她，這對個性內向的彩音來說，簡直就是地獄。

而且，她竟然還當上了班長。全班同學都推薦她，說什麼「班長是班上最重要的工作，彩音同學是最適合的人選。」什麼班長嘛，她根本就不想當。

彩音訴說著內心的不滿和憤怒，女孩則是發自內心的表示同情。

「哎呀，真是辛苦你了。」

「你是不是早就知道會這樣？」

「這怎麼可能呢？我完全沒想到會有這種效果。『一馬當先糖』只會在對自己有利的事情上一馬當先。」

「那我為什麼會遇到那些倒霉事？」

「一定是因為食物相剋，這是唯一的可能。」

丸肉

女孩一臉得意的說。

「食物相剋？」

「沒錯。『如魚得水汽水』和『一馬當先糖』相剋，當你吃了兩種相剋的食物，就會產生負面的影響，這就是造成這種狀況的原因。」

「怎麼會……那我該怎麼辦？我絕對不要繼續這樣下去。」

「別擔心，」女孩笑了笑，「既然這樣，你可以二選一，到底是要『如魚得水汽水』的威力，還是『一馬當先糖』的威力？」

「選了之後會怎麼樣？」

「你想一下就知道了。你選擇的零食效果會留在你身上，另一個零食的效果則會消失，這麼一來，就不會再發生倒霉的事了。你要想清楚再決定……如果是我，我會選擇『一馬當先糖』。」

女孩用甜甜的嗓音小聲說：

「你很快就會長高，因為接下來就是你的成長期，到時候就算沒有『如魚得水汽水』的威力，你也不用害怕人群了。不過『一馬當先糖』的威力，你可就沒辦法輕易得到了，這點你應該了解吧？」

女孩的呢喃打動了彩音的心。

沒錯，她說得對。考慮到以後的事，絕對是「一馬當先糖」更有用。

「沒錯，那我選『一馬當先糖』。」

「聰明的選擇。那麼，請你大聲的說：『早知道就不要喝也不要買錢天堂的如魚得水汽水了。』」

「我知道了。」

彩音吸了一口氣，大聲的說：

「早知道就不要喝、也不要買錢天堂的如魚得水汽水了！」

彩音話一說完，就覺得有什麼東西離開了自己的身體，一條像是透明小魚的東西溶化在空氣中。

彩音的內心很不安，覺得自己好像放棄了重要的東西，做了無法挽回的事。

但是，眼前的女孩顯得十分高興。

「很好，這樣『一馬當先糖』就屬於你了，你要妥善使用喔。再見了。」

「咦？你要走了嗎？」

「當然啊，你的事已經搞定了，我等一下要去找我一直想找的人，我要找那個男人好好算帳。」

女孩露出邪惡的笑容，消失在小巷深處。

彩音慢吞吞的準備離開小巷時，突然有個高大的人影出現在她面前。

彩音嚇了一跳，忍不住叫了起來。

那個高大的人影就是神奇柑仔店的阿姨，她的手上抓著兩條繩子，繩子的前端是兩隻脖子上繫著鈴鐺的小黑貓，牠們到處東張西望，不悅的發出喵喵喵的叫聲。

阿姨看向巷子深處，然後皺起了眉頭。

「真可惜，我似乎晚了一步，早知道就要更快來這裡……咦？」

阿姨發現了彩音，歪著頭說：

「你不是上次……你該不會遇到了穿黑色和服的女孩吧？」

「對、對啊。」

「她是不是給了你什麼東西？所以你放棄了本店的『如魚得水汽水』，對不對？」

阿姨用一臉悲傷的表情問她，彩音也感到很難過。

「因、因為她說兩種食物相剋。」

「相剋？那是什麼意思？」

彩音把自己和女孩的對話全都告訴阿姨，看到阿姨露出遺憾的表情，她恍然大悟的問：

「我是不是被騙了？她說兩種食物相剋是騙我的嗎？」

「很遺憾，你說對了。」

「怎麼會這樣……」

彩音哭喪著臉，越來越覺得自己不應該放棄「如魚得水汽水」的威力。不過阿姨似乎更關心那個女孩的事，急匆匆的詢問彩音：

「請你告訴我，那個女孩有沒有說什麼？請你把她說的話告訴我，任何話都可以。」

「咦？呃……她說要去找一直想找的男人，還說要找他算帳。」

「算帳……男人……喔，我知道了，一定是那個人。」

柑仔店阿姨眼睛一亮，彩音覺得她原本就很高大的身體好像更高大了。

「謝謝你，你幫了我大忙。」

阿姨說完便轉身離開，彩音忍不住追了上去。

「等、等一下，我想再買一次『如魚得水汽水』！拜託你，請你再賣給我『如魚得水汽水』！」

阿姨緩緩搖了搖頭說：

「這可不行。一旦放棄的東西，就無法再回來了，我相信你心裡也很清楚這件事。」

「嗚……」

「好了好了，你不用露出這麼失望的表情，」阿姨繼續安慰她，「這又沒什麼，是你自己選擇放棄『如魚得水汽水』的嘛。幸運或不幸只在轉念之間，不要去想自己失去的東西，而是要專注在自己得到的東西上。只要不後悔，好運就會回到你身上，別擔心。」

阿姨笑著說完，便牽著不停掙扎的貓咪離開了巷子。

彩音回過神後，覺得心情輕鬆多了。看到阿姨的笑容，她沉重的心情便消失了。

「對啊，我為什麼要沮喪呢？那個女孩或許騙了我，但是是我自己選擇了『一馬當先糖』的威力。既然這樣，我要好好利用一馬當先的效果，這樣一定可以忘記『如魚得水汽水』的事。」

「這樣就行了。」彩音這麼告訴自己，走上回家的路。

百瀨彩音，九歲的女孩。雖然用昭和三十九年的十元硬幣買了「如魚得水汽水」，但在澱澱的慫恿下選擇了「一馬當先糖」。

7 絕交魷魚乾

可惡，太讓人嫉妒，太可恨了。

雅人無法克制內心不斷湧起的負面感情。

他嫉妒的對象是一對夫妻——吉田健司和笹井紀子。他們原本是雅人的同事，在他們共同任職的公司倒閉之後，兩個人就結婚了，目前恩愛的開了一家「深夜咖啡店」。最近網路和電視上都介紹了他們的店，咖啡店的生意似乎越來越好了。

相較之下，雅人的狀況又怎麼樣呢？雖然他勉強進了一家新公司，但是薪水大幅下降，連女朋友都跟他提分手。反正他眼前的狀況，就是做什麼事都不順利。

有一天晚上，雅人精疲力竭的回到單身小公寓，在堆滿垃圾的骯髒房間裡吃完便利商店的便當，就倒在從來不摺的被子上。他的睡意遲遲不出現，明明很累，腦袋卻靜不下來。

好悲慘。一個人灰頭土臉的回到又小又髒的家，真是太沒出息了。如果有女朋友，還可以和女朋友聊很多事，有問題也可以互相商量，心情應該會輕鬆許多。

但是，雅人身旁沒有半個人。他孤單一人，只有自己無依無靠。寂寞籠罩他的同時，他的內心又再度湧現了對那對幸福夫妻的嫉妒。

「為什麼好事都被他占盡了！」

他尤其痛恨吉田健司。

吉田健司土裡土氣的，是個老實得有點傻氣的男人。明明自己忙得要命，卻還幫忙別人做事整天加班。

「那種傻瓜一樣的男人可以結婚，我卻被女朋友甩了，這簡直太沒道理了。」

這天晚上，雅人輾轉難眠。到了隔天早上，他昏昏沉沉的去公司上班。

「唉，真不想上班。」主管交代他的工作遲遲沒有進展，可能又要挨罵了。

「煩死了，我已經很努力了……現在這個時間，健司應該正在吃紀子做的美味早餐吧。可惡！」

「我能理解，真的很可惡。」

一個沙啞的聲音鑽進了雅人的耳朵。

回頭一看，有個女孩站在他身後。那個女孩很漂亮，穿著像日本娃娃的黑色和服，白色的皮膚吹彈可破，深藍色的頭髮剪成妹妹頭，但是她的眼睛看起來不像小孩，眼中蘊藏的黑暗讓人寒毛直豎。

雅人覺得自己被她眼中的黑暗吸引了，心想：

「她應該能了解我現在的心情，她一定能助我一臂之力。」

那個女孩果真點了點頭說：

「我了解，你的嫉妒和憎恨在內心翻騰，一定很痛苦吧？」

「你、你怎麼……」

「我當然知道，因為我能聽到嫉妒和憎恨的聲音……你討厭的人是不是他們？」

女孩翻開手上的雜誌，指著裡頭的報導問。

雜誌上大大的寫著「別出心裁！只在深夜營業的時尚咖啡店！向老闆夫婦請教深受好評的祕訣！」而且還有健司和紀子的合影。

雅人看到他們的笑容，情不自禁的大叫：

「他、他們怎麼可以這麼幸福？太沒天理了。」

「對啊，真沒天理。」

女孩的怨恨絲毫不比雅人遜色，她露出了咬牙切齒的表情。

「尤其是這個叫健司的人，他一定要不幸才行。他吃了我店裡的『睡不著仙貝』，但是他的老婆運勢很強，只要這個女人陪在他身旁，健司就會幸福下去……所以，你要去拆散他們。」

女孩從懷裡拿出一樣東西，塞到雅人的手上。

那是一片大小跟明信片差不多的魷魚乾，裝在透明的袋子裡，還附了一個鉛筆形狀的容器，裡面裝滿了黑色液體。

「這個零食叫『絕交魷魚乾』。」

女孩的聲音變得很甜膩，好像毒液般滲進了心裡。

「只要用醬油筆，在魷魚乾平坦的地方寫上想要拆散的兩個人名，然後在深夜時分前往墓地，把魷魚乾直直撕開吃下去，就可以拆散你痛恨的人。」

「真、真的可以嗎？」

「對，這樣就可以澈底斬斷他們之間的緣分。到時候他們會相看兩相厭，自然婚姻生活就無法再繼續了。他們分開之後，這輩子再也無法見到彼此，畢竟緣分斷了就是這麼一回事。」

女孩說出的話很可怕，雅人聽了忍不住倒吸一口氣。

他的腦袋裡有個聲音小聲的說：「這很危險，不能和她扯上關係，不能聽她的話。」

但是「絕交魷魚乾」更加吸引他，「只要能破壞健司和紀子的幸福……如果真的做得到，一定要試試看！」雅人內心不禁想著。

女孩露出甜美的笑容，在最後推了雅人一把。

「你很討厭他們對吧？是不是很想拆散他們？」

「對，我想拆散他們！」

「所以你願意採取行動，對嗎？」

「當然！」

「呵呵呵，我就知道，我到時候也會來看進行的情況。今晚，我們就在這個墓園見，那我先走了。」

女孩說完便轉身離開了。

這時，雅人才發現自己正站在墓園旁。

今天晚上要在這個墓園吃「絕交魷魚乾」，健司的幸福只到今晚為止了。

雅人露出得意的笑容，小心翼翼的把「絕交魷魚乾」放進公事包，朝著公司的方向走去。

這天，雅人在工作上一直犯錯，但是就算被上司痛罵、被同事嫌棄，他也完全不在意，滿腦子只想著今晚的事。

真想趕快使用「絕交魷魚乾」——只要把他們兩個的名字寫在魷魚乾上，然後在夜晚的墓園把魷魚乾撕開，吃進肚子裡就行了！真是太期待了。

「嘿嘿，嘿嘿嘿！」

雅人忍不住偷笑起來，同事看著他，感到一陣毛骨悚然。

他在晚上八點多下班，一走出公司，就直奔約定好的那個墓園。

「趕快，要趕快去那裡！我要讓他們不幸！可惡的健司，我要給你好看！」

雅人在憎恨和嫉妒的驅使下，快步走向墓園。他陰森可怕的樣子，讓附近的行人紛紛讓開了路。

但是，有個人擋住了他的去路。

「你不可以這麼做。」

聽到那個平靜的聲音，雅人回過神，看向說話的人。

眼前有個高大的女人，她的個子比雅人高，身穿一件古錢幣圖案的紫紅色和服，一頭白髮上插著五顏六色的玻璃珠髮簪，從容不迫的低頭看著雅人。

雅人被她福態的臉嚇到，覺得她完全看透了自己的心思。

「我知道你想幹什麼。」

雅人覺得眼前的女人好像在對自己這麼說，突然感到羞愧不已。他無地自容、咄咄逼人的說：

「你擋到我的路了，讓開。」

但是那個女人並沒有讓開，只是露出憐憫的眼神看著雅人。

「幹麼？你找我有什麼事？你到底是誰啊？」

雅人用小孩子般緊張的聲音大叫，但是女人靜靜的對他說：

「即使你做這種事，也無法得到幸福。」

「你、你在說什麼！」

「你不可能因此得到幸福，那只是暫時洩憤而已。你並不是壞人，只是有點自暴自棄，所以暫時迷失了自己，當你恢復理智之後，一定會極度後悔。為了你自己好，千萬別做這種事，絕對不要去破壞別人的幸福。」

女人一針見血的話，讓雅人臉色發白。

「這個女人什麼都知道。」

雅人想要逃走，但是他雙腿顫抖完全無法用力。他覺得既害怕又丟臉，不顧一切的大聲叫喊。

「為什麼！只有他們兩個人幸福太不公平了！我恨他們，我很痛苦，你怎麼可能了解我的心情！」

「我當然不了解。」女人很乾脆的說：「雖然你一直說恨，但是紅子我感覺到的卻是你內心的寂寞。你是不是很孤單呢？」

「呃……」

「寂寞？我很寂寞？不對，我只是痛恨他們，只是想要毀了健司和他的老婆。」

雅人想要這麼回答卻說不出任何話。

他完全被打敗了，雅人洩氣得低下頭。

「我真是無可救藥。因為自己不幸，所以也想讓幸福的人像我一樣不幸，這簡直太可恥了。」

但是更可恥的是，他也捨不得丟掉「絕交魷魚乾」。

好丟臉，太不像話了。雖然他發自內心這麼覺得，卻還是無法捨棄「絕交魷魚乾」，明明知道只要不丟掉它，自己遲早還是會想要拿出來用。

這時，女人從掛在手腕上的手提袋裡，拿出一個四方形的鐵罐，遞到他面前說：

「和你商量一件事，你要不要跟我交換呢？」

「交、交換？」

「對，我認為這罐『款待茶』更適合你。我想用這個和你放在公事包裡的東西交換，你覺得如何？」

雅人打量著女人遞給他的鐵罐。

鐵罐上畫滿了快樂的畫面，許多人在笑著喝茶，鮮豔的色彩讓

他被黑暗填滿的心再次充滿明亮的色彩。

「啊啊，我想要，我好想要這個。」

雅人用顫抖的手拿出「絕交魷魚乾」。

當他把「絕交魷魚乾」交給女人時，內心突然湧起「我不想給她！」的不安。但是當他接過「款待茶」時，內心又充滿了歡樂，而且也鬆了一口氣，感覺自己的生命在千鈞一髮之際獲得了救贖。

雅人像是終於擺脫了瘟神，一臉平靜的緊緊抱著「款待茶」。

女人對他笑了笑說：

「太好了，我們做了一筆很棒的交易，請你好好享用『款待茶』。」

女人說完，逐漸消失在黑暗中。

澱澱心情愉悅的走向墓園。

那個男人應該很快就會在墓園出現，自己一定要親眼看著那個男人雙眼發亮的吃下「絕交魷魚乾」。

『深夜咖啡店』的那對夫妻完蛋了。呵呵，吃了我的『睡不著仙貝』竟然還能得到幸福，簡直無法原諒。而且讓他得到幸福的，竟然是買了錢天堂『睡眠撲滿』的女人。只要用『絕交魷魚乾』拆散他們，他們的幸福就到此為止了。無論男女雙方，都會變得很不幸。到時候，那個女人就會後悔自己當初不應該買『睡眠撲滿』。」

「呵呵呵，可惡的紅子，你就眼睜睜看著你的招財貓一隻又一隻的變成不幸蟲，然後驚慌失措吧。而且你沒有理由怪我，我這次可沒有綁架招財貓，也沒有破壞你店裡的商品，畢竟我要賣什麼零食給什麼客人，都是我的自由。」

「呵呵呵，雖然不知道會花上多少年，但錢天堂所有的招財貓遲早都會被我消滅。」

澱澱露出極其邪惡的笑容，小聲嘀咕著。

不過，當她抵達墓園的時候，臉上的笑容立刻消失了，因為有兩隻黑色小貓歡天喜地的跑向她。

「你們……」

「不會吧？」澱澱在墓園內東張西望，終於看到了。黑暗中，她看到那個女人散發微弱光芒的白髮，還有高大的身體和豐腴的臉。

「紅、紅子！」

澱澱大驚失色，一副手足無措的樣子，但是錢天堂的紅子只是靜靜的看著她，嘴角露出了淡淡的笑容。

她們注視著彼此很長一段時間。

紅子默默的從手提袋裡拿出某個東西，這時，溵溵才終於回過神來。

「紅子，你想幹什麼！」

紅子沒有回答，但是她臉上的笑容，讓溵溵覺得脖頸上的汗毛全都豎了起來。

「住、住手！」

「溵溵，再見了。」

紅子在發出尖叫聲的溵溵面前，緩緩撕開了手上的東西。

紅子

鈴木雅人，二十八歲的男人。被澱澱盯上，得到了「絕交魷魚乾」，最後用來交換錢天堂的「款待茶」。

番外篇　一刀兩斷的惡緣

幾天後，在某個地方的昏暗店內，有兩個人圍坐在一張桌子旁邊。

其中一個人是「倒霉堂」的澱澱，她大口喝著濃稠的甜酒，一看就知道她心情很差。兩隻黑貓坐在她的肩上，正拿著頂針大小的杯子喝牛奶。

另一個人是髮色和鬍子跟草莓一樣鮮紅的男人，他戴了一頂高高的禮帽，身上的打扮看起來就像是魔術師。他的名字叫怪童，是一間名叫「天獄園」的詭異遊樂園老闆，之前曾經和澱澱聯手找錢天堂的麻煩。

他小口喝著鮮紅色的草莓汽水，用同情的眼神看著澱澱。

「可惡！竟然被她擺了一道。」

澱澱懊惱的說。

「我沒想到紅子竟然會吃下我的『絕交魷魚乾』。」

「她在上面寫了名字嗎？」

「對啊，寫得清清楚楚。錢天堂的紅子，還有倒霉堂的澱澱，然

後當著我的面撕開，大口吃了下去……啊，可惡！現在回想起來還是好氣啊！」

「那你接下來有什麼打算？」

「能有什麼打算？」

溷溷露出陰森的眼神。

「她使用了『絕交魷魚乾』，所以我和紅子的緣分已經一刀兩斷。今後無論如何，我都無法再和錢天堂有任何交集了。即使紅子出現在我面前，或是吃了錢天堂零食的客人出現在眼前，我也看不到他們了，當然，他們也看不到我。既然看不到，就沒辦法對他們做壞事了。」

「這樣啊，還真是『絕交』得十分澈底啊。」

「是啊，在她眼中，這樣一來就等於是消滅我了。可惡，雖然很懊惱，但我真的輸慘了。」

澱澱難得垂頭喪氣，怪童只好拚命安慰她。

「話說回來，總算了斷了這件事，不是也很好嗎？你的心情應該也稍微平靜一點了吧？要不要再開一家點心店呢？」

「是啊……這或許是個好主意。」澱澱點了點頭。

「不然來開一家『新倒霉堂』好了，反正這輩子再也不會見到紅子，也不會和她有任何交集，那就乾脆忘記她，像之前一樣，隨心所欲的到處散播充滿惡意的點心。」澱澱說。

「……」

「怎麼了？為什麼露出這麼奇怪的表情？」

「不是啦，我只是在想，你之前對錢天堂那麼執著，現在竟然這麼乾脆的放下了……」

「我先把話說清楚，我並不是因為紅子才放棄。」澱澱露出惡狠狠的眼神，「我不是說了嗎？是『絕交魷魚乾』造成了這樣的結果，並不是我輸給錢天堂或是紅子，我是輸給了自己的零食，所以才決定要退出。事情就這麼簡單，你懂了嗎？我並沒有輸給紅子！」

澱澱氣勢洶洶的嘴硬不服輸，怪童終於恍然大悟。

「原來是這樣啊，我真是太失禮了。」

「哼！」

「好了好了，你不要露出這樣的表情。啊，對了，既然你打算開一家新的店，那我有一件事想和你討論。」

怪童急忙靠近澱澱。

「關於你的新店鋪，要不要乾脆開在我的遊樂園？你覺得這個提議怎麼樣？讓來遊樂園玩的客人買『倒霉堂』的零食回去當禮品，我相信一定很吸引人。」

「哼，你還是一樣這麼精明。」

澱澱雖然瞪著怪童，但是立刻露出了笑容。

「好吧，我並不討厭你，而且你也幫過我的忙。」

「太感謝了！那我們來仔細談一談，我已經畫好了設計圖，關於店面的設計，你覺得這樣的設計怎麼樣？」

「我看看……嗯，感覺不錯，但我想要這裡更寬敞一點。」

他們在昏暗的店內湊在一起，討論著籌備新店的事宜。

3月20日 下雨

弢弢從冷凍庫逃走了！不知道她到底是怎麼逃走的，太可怕了喵。

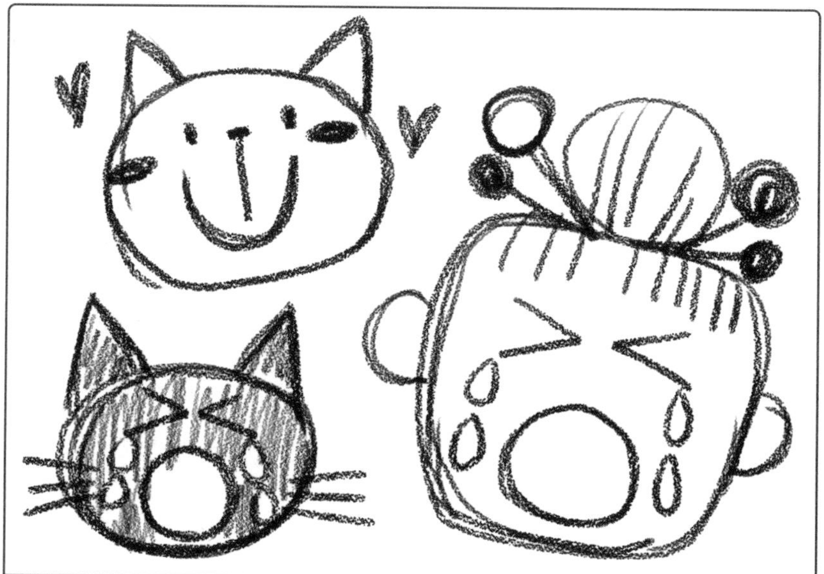

3月31日　陰天
一隻招財貓變成了
不幸蟲喵。
為什麼會這樣？
主人也很傷心喵。

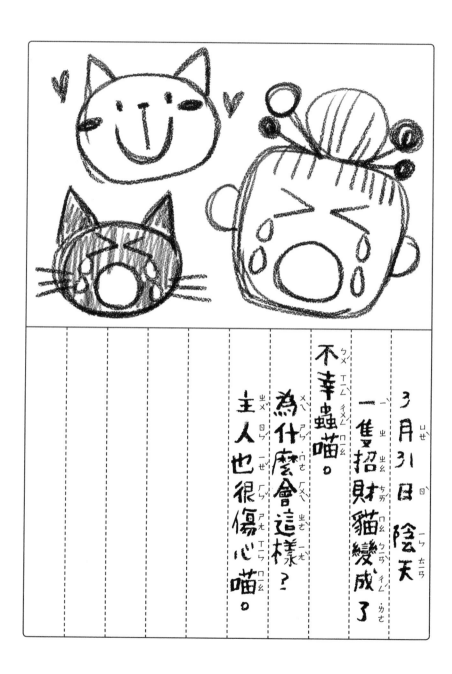

4月23日 晴天

最近主人一直在尋找澱澱的下落喵，主人不在的時候，就由我們守護這家店喵。

5月3日 晴天
主人睡了一整天喵。
她說她肚子痛，一定
是吃了倒霉堂的「絕
交魷魚乾」的關係喵。

神奇柑仔店11
失控的最強驅蟲香水

作　　者｜廣嶋玲子
插　　圖｜jyajya
譯　　者｜王蘊潔

責任編輯｜楊琇珊
特約編輯｜葉依慈
封面設計｜蕭雅慧
電腦排版｜中原造像股份有限公司
行銷企劃｜陳詩茵、劉盈萱

天下雜誌群創辦人｜殷允芃
董事長兼執行長｜何琦瑜
媒體暨產品事業群
總經理｜游玉雪
副總經理｜林彥傑
總編輯｜林欣靜
行銷總監｜林育菁
副總監｜李幼婷
版權主任｜何晨瑋、黃微真

出 版 者｜親子天下股份有限公司
地　　址｜台北市 104 建國北路一段 96 號 4 樓
電　　話｜（02）2509-2800　傳真｜（02）2509-2462
網　　址｜ www.parenting.com.tw
讀者服務專線｜（02）2662-0332　週一～週五：09:00~17:30
讀者服務傳真｜（02）2662-6048
客服信箱｜ parenting@cw.com.tw
法律顧問｜台英國際商務法律事務所 · 羅明通律師
製版印刷｜中原造像股份有限公司
總 經 銷｜大和圖書有限公司　電話：（02）8990-2588

出版日期｜2022年 1 月第一版第一次印行
2024年10月第一版第二十一次印行
定　　價｜300元
書　　號｜BKKCJ081P
ISBN｜978-626-305-142-3（平裝）

訂購服務
親子天下 Shopping｜shopping.parenting.com.tw
海外 · 大量訂購｜parenting@cw.com.tw
書香花園｜台北市建國北路二段6巷11號　電話（02）2506-1635
劃撥帳號｜50331356　親子天下股份有限公司

國家圖書館出版品預行編目資料

神奇柑仔店11：失控的最強驅蟲香水／廣嶋玲子 文；jyajya 圖；王蘊潔 譯. -- 第一版. -- 臺北市：親子天下股份有限公司, 2022.01
224面；17X21公分. --（樂讀456系列；81）
注音版
ISBN 978-626-305-142-3（平裝）

861596　　110020788